KB139469

포유류의 사랑

박장호 시집

시인

의

말

내가 사랑하는 사람

나를 사랑하는 사람

그 표정 없는 연대와

수면궁睡眠宮을 지키는

우리의 굳건한 입을 위해

차
례
—

1부

2부

3부

해설

□ 한 연이 첫 번째 행에서 시작될 때는)로 표시합니다.

1부

금속성

섬은
밤마다 뭍으로 올라가

사람들이 벗겨낸
피부를 핥아 먹고

제 안의 강을 따라
바다로 돌아와

다시 어두워질 때까지
썩는 몸을 견딘다

해변으로 누런 고름을
흘려보내는 그 섬을

사람들은 무인도라
부른다

문장은 독한 담배처럼 타들어가고

기타 위에 술잔 얹고

그 밤, 돌고 도는 시간의 강을 건넜지.

뒷걸음으로 내게 온 내 발자국이

나를 떠난 내 발자국 같아

여명의 하늘은 별들의 운행을 가로막고

울림통 속에선 멜로디가 휘발한 음악이

바다를 잃어버린 모래알처럼 부서졌지.

길이 막힌 유성들이 막무가내로 그린 궤적처럼

조율이 안 된 현은 폐 속까지 늘어지고

떨리는 현 끝의 두려움이 태양처럼 타올라

폐 속의 은하에도 시간이 흐르고 계절이 바뀌었지.

벽지에 핀 꽃들을 향해 날아가는 연체의 나비

하얀 꽃잎이 휘몰아치는 한여름의 폭설

나는 나의 위성인 듯 내 둘레를 공전하고

나는 나만의 행성인 듯 나 스스로 자전하고

끝내 궤도를 이탈한 우주의 나방 되어

그 누구도 스쳐갈 수 없는 시간

문장은 독한 담배처럼 타들어가고

벽에 부딪힌 날들이 연기처럼 흩어졌지.

이봐, 술이 좀 약하군.

나의 위성이 나만의 행성에게 말했지.

나는 현을 감아 알코올 도수를 높이는 환각에 들었지.

나를 삼키려던 식도의 팽창이 기도의 수축으로 나를 내뱉어

우주는 아무리 할퀴어도 어두워지지 않고

역류하는 기침 속의 물고기들

울림통 속의 모래에 절어 온몸을 비틀었지.

현은 감기고 우주는 사라지고

물고기들이 비늘을 찢으며 처참하게 죽어갔지.

나의 폐와 울림통을 이어주던 단선斷線

끊어진 현이 자맥질하던 그 밤,

나를 떠난 내 발자국이 뒷걸음친 내 발자국 같아

나는 리듬만 남은 두려운 음악이었지.

태양은 뜨자마자 물든 노을이었다

─구강을 중심으로 한 대규모 공동체 1

당신의 귀에 닿지 않는 내 마음이

입술은 내 마음이 물든 노을이에요

아침노을은 비를 부른다죠

나는 무거운 하늘 아래 우뚝 섰어요

내 목각의 다리가 흙에 묻혀 있네요

내려다보니 나는 나무인 거예요

누가 내게 이토록 기다란 다리를 주었을까요

의문을 품을수록 길어지는 하체

침묵만이 발기하는 내게 지친 당신이

나의 의족에 불을 붙여요

다리를 휘감은 구름의 나이테가

가시관처럼 머리 위를 맴돌아요

나를 사르는 당신의 마음에 비가 내리는군요

소리 없이 원한 것이 죄예요

노을 속으로 고통의 새들이 날아오겠죠

차가운 아침을 떠나 저녁노을 속으로 날아드는

비 맞은 새들의 모습을 상상해보세요

내 몸속에 아름다운 자연이 깃들어요

새들은 나의 직립이 얼마나 조용한 비명인지
알고 있어요, 오직 고통의 새들뿐이에요
새들이 내 입속에 둥지를 틀어요
말뚝을 타고 오르는 저 불빛은
어둠뿐인 내 얼굴을 밝히겠지요
하늘엔 의성운擬聲雲의 붉은 혈관이 터져요
새들은 독이 든 열매로 익고
나는 당신의 눈동자 속에서 불의 옷을 입어요
입술은 내 마음이 불타는 화염이에요
비에 젖든 피에 젖든
곧 꺼져버릴 화염이에요

새벽을 보낸 우린

　새벽 속으로 들어가지요. 이 문장을 쓴 지 십 년이 지났다. 십 년 동안 내가 한 일은 새벽 속에서 나온 일. 그것은 내가 아침의 사람이라는 뜻이 아니다. 내가 밤의 사람이라는 뜻도 아니다. 그것은 나의 새벽에 수많은 편지를 받았다는 뜻. 나와 입 맞춘 내 얼굴을 가리기 위해 뒷머리를 앞쪽으로 쓸어 넘겼다는 뜻. 오빠! 그 아름다운 나의 호칭을 불러본다. 내가 사랑한 단 하나의 사람. 오빠, 어떤 편지는 내 창에 없는 방충망에서 내 바닥에 없는 우편함으로 떨어진다. 이렇게 독한 담배를 피우는데도 왜 벌레는 활짝 열린 창밖으로 날아가지 못하는 걸까. 양파 냄새를 맡으며 눈물을 감추던 금지된 새벽, 내가 넘어온 저 언덕 너머에 푸른 비가 온다. 모든 빗속엔 바라보는 사람의 음악이 흐른다고 오빠는 말했고 음악을 듣는 건 시간을 가꾸는 일이라고 나는 말했지. 저 빗방울이 어떤 음계에서 떨어지는지 오빠는 알까. 한 번도 읽지 못한 십 년 동안의 편지. 새벽 속으로 들어가지요. 오빠, 별 볼 일 없는 이 문장은 왜 이토록 긴 여백을 거느렸던 것일까. 힘껏 빨아주지 않으면 다가오지 않는 담배 같은 새벽 속에 오빠는 있다. 오빠, 지운 문장을 모두 모으면 이 아침을 밝힐 조명이 될까. 연기의 반은 버릴 수밖에 없는이 독한 담배. 활짝 열린 오빠의 창문이 반송된 편지를 읽는다. 편지를 읽은 오빠의 바람이 눈물을 흘린다. 그 눈물이 떨어지지 못한 음계를 오빠 너는 알까. 쓸어 넘긴 머리카락 속에서 울고 있는 오빠. 십 년 전의 비는 그치질 않고 비를 맞은 우리는 마를 줄 모른다. 오빠, 우리의 사랑을 용서해줄 아버지는 이제 여기 없다. 멱살을 잡고 나가라고 하던 우리의 아버지. 겁에 질려 오들오들 떨던 푸른 새벽 속의 오빠. 그래서 나온 나의 까만 아침. 가꾸어진 시간 속에 흠뻑 젖은 나의 오빠.

허무를 향한 도약

오늘 밤의 목적지는 당신의 얼굴입니다.

수풀처럼 우거진 머리카락 속에서 짐을 꾸립니다.

당신이 남기고 간 나의 짐이자

내가 보내지 못한 당신의 짐.

편지는 더 이상 쓰지 않겠습니다.

새벽이 오는 길목이면 편지에서 걸어 나와

머리카락을 헤치고 떠나야만 하는 당신.

알아볼 수 없는 길을 향한 필기를 바라보며

멀어지는 발을 동동 구르던 당신 눈 속의 여백.

생각을 멈추지 않는 한 우리는 계속 스쳐갈 뿐입니다.

밤은 내 얼굴처럼 길기만 합니다.

검은 스타킹을 신은 하늘이 눈물을 흘립니다.

자음과 모음과 수음 속에서 청춘이 닳아버린 것입니다.

우리라는 이름으로 거행된 격리.

너무 잔인한 학문을 우린 배웠습니다.

스무 살의 별들이 반짝이는 개론서에 정의된

당신과 나의 거리는 가까워서 멀기만 합니다.

기호조차 될 수 없는 우리

내가 '나'만의 모음이었다면

당신만을 바라보는 좌익이 되었을 텐데.

당신이 '너'만의 모음이었다면

나만을 지지하는 우익이 되었을 텐데.

상상으로 끝난 사상 속에서

나는 시들고 당신은 희미합니다.

하나뿐인 이마를 맞대고 논의해도

입 맞출 남자, 여자 하나 없습니다.

염색한 눈썹을 하늘의 이마에 붙여주는 밤입니다.

건빵 속의 별사탕은 참으로 아늑한 수면을 주었죠.

피부의 참호 속에서 걸어 나와

지뢰가 되어버린 별들을 밟아가는

오늘 밤의 목적지는 당신의 얼굴입니다.

허공의 개미집

밀가루처럼 하얀 피부의 아침입니다

누가 이처럼 창백한 감각을 주었을까요

아무도 대답하지 않습니다

그 누구에게 한 질문이 아니니까요

그렇습니다 질문은 질문으로 끝이 납니다

이슬이 맺힌 거미줄 속에 개미집이 있습니다

나에겐 환각이 필요합니다

거미줄을 기타 줄로 보이게 하는

나에게 필요한 건 마술이 아니라 마법입니다

담배가 떨어진 이 시점, 볼펜을 담배로 만들어줄

너무 독한 시가는 사양합니다

기관지는 쇠락의 계절을 맞이하고 있습니다

풀풀 날리는 낙엽들을 보세요

한겨울의 폭풍이 잇몸을 드러내고 있습니다

어린 날, 가래침을 뱉으며 귀가하던

아버지의 발자국 소리가 그립습니다

아무도 의도하진 않았지만

아버지의 발자국은 기관지를 배신했고

내 고막은 아버지의 발소리를 배신했습니다

수염이 머리카락보다 굵은 어른이 되었습니다

가입하지 않아도 소속되는 집단이 있습니다

가입서에 탈퇴 사유를 씁니다

밥그릇의 기차가 머리를 관통합니다

기차의 객차를 재떨이로 갈아치웁니다

생존 필터에서 걸러진 담뱃재를 텁니다

함께 노는 여자는 그렇게 두꺼운 담배는 피우지 말라고
합니다

나는 여자에게 담배가 소시지로 보이는 환각을 주고 싶습
니다

그 역시 체질 개선에 도움이 되지는 않습니다

노래를 불러주고 싶습니다

날 위해 울지 말아요 수면의 나라여

기타 줄에 보석 같은 피크가 끼워져 있습니다

이건 누가 연주하던 악기일까요

역시 아무도 대답하지 않습니다

누구나 잃어버릴 내일을 위해 사니까요

피크를 쥐고 반짝이는 소리를 떠냅니다

소리의 반짝임 개미들을 부르고

한 올 한 올 거미줄이 끊어집니다

개미집 속에서 나온 개미들이 소리의 절벽에서 울부짖습
니다

나를 깨우지 말아요 기상의 나라여

피부가 하얀 밀가루의 아침입니다

누가 이처럼 막다른 시간을 주었을까요

손에 묻은 이슬로 얼굴을 반죽합니다

지워진 얼굴 위에 쌍화가 핍니다

한 송이는 환각, 한 송이는 망각입니다

여왕개미가 만두를 인 개미들을 인솔합니다

만두의 매력은 속을 알 수가 없다는 것

기차가 멎고 시가가 꺼집니다

밥그릇 속에 담뱃재가 수북합니다

불탄 소시지를 물고 개미 숫자를 헤아리는 내 모습이

실패한 마술 같습니다

거미줄이 걷힌 허공에서 이슬이 떨어집니다

아궁이 속으로 들어간 개

내 시 속엔 시인이 없지만
자살한 시인이 행간을 걷는다고 나는 써보는 것이다.
인간은 상상을 하는 동물이어서
그가 죽기 전의 시인인지 죽은 후의 시인인지
매몰찬 독자는 내게 물을 것이다.
인간은 말을 꾸미는 동물이기도 해서
걷는 시인의 죽음도 죽은 시인의 걸음도 상상할 수 있다.
마음의 문법엔 시제 일치가 없고
내겐 독자가 없으므로 대답할 의무 없다.

어제는 마른하늘에 비가 온다.
내일은 젖은 하늘에 노을이 물든다.
오늘 낯선 사람은 어제 만난 사람,
오늘 반가운 사람은 내일 만날 사람.

파티션에 가로막힌 머리카락이 자란다.
붉게 물든 까만 머리카락이 자란다.

회상의 시인이자 부활의 시인이

그래, 내 시의 행간을 걷는 것이다.

그가 걷는 거리엔

두뇌를 스치는 단어의 속도로 시간이 흐르고

경제적 무장을 해제한 시인들이

말로 세운 안개의 건물 속으로 들어가

시대의 아픔과 개인적 정서의 소용과

미적 진보의 향방에 대해 논의할 것이다.

집에선 자식 없는 아내가

텅 빈 배 속에 휘몰아치는 비바람을 맞으며

유령 같은 남편을 기다릴 것이다.

안녕, 아버지를 배정받지 못한 정자들아.

안녕, 악천후 속의 난자들아.

너희들이 다시 보는 나의 과거라면

나는 어떤 시대가 받아주는 저주의 자식일까.

개가 된 논의가 오들오들 떨며

깨진 달걀 같은 폐가의 아궁이 속으로 들어간다.

째깍째깍 장작 타는 소리 불 꺼지는 장작에 달라붙고
반짝이지 않는 생각의 별이 아궁이 속으로 쏟아진다.
흩어지는 안개는 개의 머리를 쓰다듬는 시인의 손
살자, 오늘 만난 어제의 아내야.
살자, 내일 죽을 남편의 아내야.

개 한 마리 구워 먹고 쓸모없는 논의였다 하면
매몰찬 독자는 내게 물을 것이다.
개 같은 건 논의가 아니라
붉게 자라는 검은 머리털의 시인이 아니냐고.

비유의 경계는 편견뿐이고
마음의 마침표는 물음표뿐이어서

파티션에 가로막힌 개가 짖는다.
까만 털이 붉게 물든 개가 짖는다.

천막이 있는 벽화

시야는 움직이는 벽이다.
관찰자를 외면한 벽화 속의 두 사람이
등을 돌린 채 침묵하고 있다.
나는 야유의 종이새를 접어
그림 속으로 날렸다.

남자의 오른쪽 귓속으로 새가 비행했다.
남자는 파란 하늘이 되었다.
새는 하늘의 왼쪽 귀를 물고
여자의 어깨 위에 앉았다.
여자는 파란 바다가 되었다.
새가 수평선을 물고 날아갔다.

파도가 잔잔한 해변에
몽골리안 악사가 천막을 쳤다.
평화로운 해변에 밤이 왔다.

별들이 입수하는 소리에 맞춰

천막 안에서 노래가 흘러나왔다.
악사는 가사를 적어 내게 주었다.

나는 노랫말이 없는 가사를
새가 물고 온 수평선에 걸고
천막 속으로 들어가
잠자는 꿈을 꾸었다.

입체적인 백야

토끼가 증발한다.
식성을 갖지 못한 토끼들이 증발한다.

눈 내리는 삼월
생물은 신의 겨드랑이에서 겨울잠을 자고
기상청은 먹이 체험의 시간이 없을 거라 예보한다.

태양이 뜨지 않는 눈 속의 하늘
동공의 구름은 흩어질 면적을 잃고
두개골에 서늘한 토끼 떼가 언다.

폭설은 삼월의 일기日記 속에도 내리고
사람이 떠난 모닥불 속에도 내린다.

얼음의 각질에 뒤덮인 토끼와
물의 털을 뒤집어쓴 토끼에게
토끼라는 똑같은 이름을 주는
적막한 강설降雪

굶주린 토끼들이 증발하는

하얀 밤,

신은 꾸벅꾸벅 졸기만 할 뿐

가려운 겨드랑이를 들지 않는다.

포유류의 사랑

고래

뒤돌아보라
네가 헤엄친 혈관의 주인이
누구인지 알게 될 것이다.

당신이 흘려버린
내 마음의 바다를 헤엄치는
나는 길 위의 물고기

젖이 흐른다. 길 위에 누운 나의 가슴에 젖이 넘쳐흐른다. 나는 유방을 가진 슬픈 족속, 부풀지 않는 유두로는 나 자신도 유혹할 수 없구나. 뭍의 기억이여 안녕. 심장에 꽂힌 작살을 뽑고 나는 고래가 된다. 숨 쉬기 위해 뿜어 올린 구애의 물줄기가 차가운 파편이 되어 얼굴에 떨어진다. 무지개로 펼쳐지는 실연의 환각. 퉁퉁 불어 잠수하는 젖 속의 육체. 혈관을 헤엄치던 모기들아, 사랑받기엔 너무 거대한 몸을 가졌구나 나는. 배영은 가슴이 해체된 자의 영법. 동굴이 된 혈관 속으로 박쥐가 날아온다.

박쥐

더듬어보라

네가 이용한 날개의 주인이

누구인지 알게 될 것이다.

당신이 닫아버린

내 마음의 하늘을 추락하는

나는 암흑의 새

   어두운 곳으로 가라 한다. 아침이 오지 않는 깊은 곳으로 가라 한다. 앞발과 뒷발이 달라붙고도 포복하지 못하는 짐승. 비행飛行은 나에게 해주지 않은 신의 약속인가. 내가 빌어야 했던 것은 무엇이었나. 입에서 입으로 전해진 소문이 도감 속에 정착했다. 나는 피를 마셨고 균을 옮겼다. 눈먼 나의 비명이 닿은 곳. 내 감각의 대상들이여, 그곳에 너희가 있었다. 버림받아보았다면 구애가 병균임을 알 것이다. 날개를 버린 피조물들아, 사랑받기엔 너무 흉측한 얼굴을 가졌구나 나는. 누구나 뼈 속에 정액이 흐르는 동굴이 있다. 거꾸로 매달린 나의 혈관에도 피는 돈다. 내가 신의 실수로 탄생한 종이라면 지금부터 나의 종교는 미신이다.

사랑

태초에 물이 있었다 하고…… 물이 없는 나라에 소년이 살았다. 소년은 수채화를 그리고 싶었다. 소년은 물을 찾아 여행했다. 가도 가도 끝이 없는 검은 대륙. 소년을 현혹한 태초의 보조관념. 소년은 검게 탄 자기의 살갗을 국경선에 비유했다. 국가의 끝에서 소년은[소녀는] 소녀를 만났다. 소녀의 파란 치마가 바람에 나풀거렸다. 소년은[소녀는] 소녀의 치맛자락이 해안선 같았다. 소년은[소녀는] 도화지에 물감을 짜 바다에 띄웠다. 소년은[소녀는] 발음기호 속에서 흐느끼는 소녀의 머리카락을 쓰다듬었다. 파도가 소녀의 마음을 그렸다. 도화지 속에 울창한 숲이 우거졌다. 고래 한 마리가 수면을 솟구쳐 숲으로 헤엄쳤다. 고래는 동굴 속의 박쥐를 만나 해도 해도 끝이 없는 사랑을 했다.

합창

우리는 격리당했다. 아니, 연대당했다. 환각의 바다에서, 환영의 숲에서. 우리는 연애당했다. 아니, 연애하였다. 동굴 속의 바다에서, 바닷속의 동굴에서. 너는 암울한 바다를 헤엄치는 나의 극단. 너는 음침한 하늘을 비행하는 나의 극단. 극과 극을 관류하는 우리의 젖. 팽창했다는 점에 있어서 너는 우주의 일부다. 어두웠다는 점에 있어서 너는 우주의 전부다. 똑같이 생긴 우리의 젖, 우리는 포유류다. 아침은 검은 어머니의 자식임을 우리는 믿는다.

전망 좋은 창가의 식사

적막한 원시를 해체하고, 당신과 나는 창가에 앉아 아침을 먹습니다. 까만 겨울밤을 보낸 우리의 창밖엔 당신의 나도, 나의 당신도 없습니다. 공존하는 우리의 부재가 당신과 나의 창을 반투명으로 만듭니다. 창밖의 사람들은 산들바람을 맞으며 햇볕 좋은 곳으로 봄 소풍을 갑니다. 우리가 피웠던 침대 위의 흰 꽃이 떠오릅니다. 송곳니와 부리를 발라낸 한 송이 눈꽃. 꽃의 향기는 나침반의 붉은 바늘처럼 나를 따라옵니다. 눈에 띄면 녹아버리는 침묵의 문명. 나는 식탁의 북쪽에서 당신은 식탁의 남쪽에서 질기고 오랜 식사를 합니다. 우리는 마치 낙오한 극지의 동물들 같습니다. 우리의 배경에 희끗희끗 눈발이 비치고 하얀 평원이 펼쳐집니다. 나는 얼음 수염을 달고 당신은 얼음 눈썹을 달고, 멸종 직전의 북극곰처럼 남극에서 길 잃은 북극제비갈매기처럼, 우리는 서로의 눈 속에 녹아 흐르는 만년설을 봅니다. 물속에서 연어들이 솟구칩니다. 붉은 연어 알이 말할 수 없는 사연으로 쏟아집니다. 날카로운 수저로 뜨는 결별 의식. 이 사연을 다 삼키면 우리는 각자의 방향으로 밀봉된 편지가 되어 무리를 찾아 나서겠지요. 창밖의 사람들은 푸른 잔디 위에서 웃음

꽃을 피우고 식사를 멈춘 우리의 식탁 위에 하얀 살갗이 차
곡차곡 쌓입니다.

구름의 문중

오늘 밤 이 세상의 모든 귀신들이

나의 머리맡에 모였다.

내가 누워 있는 곳은

수십 년을 흘러온 검은 구름의 안방.

쏟아지지 않는 이 집안의 내력은

가문의 영광일까 자연의 재앙일까.

귀신들이 내 두뇌의 협곡에

젖은 혀를 밀어 넣고 있다.

살러 온 귀신들은 살아갈 생각을 핥아가고

살다 간 귀신들은 살아온 생각을 핥아간다.

온 생각, 갈 생각 모두 말라버린

구름 인간

비 아니면 눈이 될 나의 운명이

세상의 모든 구름을

나의 안방에 끌어모으고 있다.

공룡 사골 전문점

어젯밤엔 입술을 물어뜯긴 구름이

내 어깨 위로 흘러왔다.

모니터엔 완성되지 않는 문장이

전진과 후퇴를 반복하고 있었다.

종족 보존을 위한 시간이었다.

뇌세포가 공룡에 대한 지식으로 꿈틀거렸다.

나는 구름에 공룡이라는 이름을 붙여주었다.

나는 공룡을 실제로 본 적이 한 번도 없다.

백악기의 혓바닥이 나를 핥은 것이다.

상처 입은 입을 중심으로 비늘이 덮였다.

공룡의 눈 속엔 백발의 노파가

산통을 겪고 있었고

내 눈 속엔 조류로 진화하지 못한

막다른 정서가 출렁이고 있었다.

초식을 하는 육식 공룡이 되고 싶은지

육식을 하는 초식 공룡이 되고 싶은지

공룡에게 물었다.

먹을 것이 없는 시대였고 씹을 수도 없는 입이었다.

공룡은 아무 말도 하지 않았다.

나는 침묵의 공룡을 문장 속에 집어넣었다.

문장 속의 하루가 갔다.

나는 공룡을 재료로 식당을 차렸다.

입구엔 공룡 사골 전문점이라는 간판을 붙였다.

개업과 동시에 소문이 돌았고

사람들이 줄지어 식당 안으로 들어왔다.

하나같이 귀마개를 하고 있었다.

소리가 차가운 시대였다.

식당 안엔 뿔테 안경을 쓴 잡상인이

사전 속의 낱말을 파느라 분주했다.

문자가 가벼운 시대였다.

문장 밖의 나는 키보드를 눌러 잡상인을 쫓았다.

식당에 순수한 주문과 접수의 시간이 왔다.

공룡의 뼈를 우려낸 탕이 식탁에 전달되었고

탕 속엔 지워지는 주둥이가 건더기로 떠 있었다.

문장 밖에서 볼 때,

그것은 훼손된 사람의 심장 같았다.

숟가락이 바닥을 치는 소리가 들렸다.

문장 밖에서 그것은 키보드가 제자리를 걷는 소리 같았다.

사람들은 귀마개를 벗고 고막을 꺼내 카운터에 지불했다.

고막 속엔 아무런 소리도 들어 있지 않았다.

문장 밖은 여전히 어제였고

모니터엔 공룡의 울음이 화석처럼 굳어 있었다.

꽃을 든 남자

나는 나를 꼬였다. 나는 이어폰을 꽂고 꽃을 사고 있었다. 너에게 줄 꽃이었다. 나는 항상 빨간 꽃을 산다. 나는 빨간 꽃을 사는 내 모습에 빠져 나를 꼬였다. 나는 나에게 말했다. 꽃처럼 빨개지고 싶어. 꼬이는 사람의 태도로선 다소 엉뚱한 구석이 있었다. 나는 나의 말을 듣지 못했다. 나는 계속 빨간 꽃을 사고 있었다. 꽃가게의 할머니는 어서 이 상황이 끝나기를 바라며 꽃을 사는 나에게 손가락 두 개를 펴 보였다. 내가 꽃 한 송이의 값을 물어본 것이다. 나는 말을 눈으로 듣는다. 나도 손으로 말했다. 너에게 줄 꽃을 나에게 줘. 나는 나의 꼬임에 넘어가지 않고 꽃을 들고 갔다. 나와 내가 점점 멀어지고 있었다. 나조차도 꼬이지 못한 나는, 살금살금 나를 쫓아가 나와 나를 슬쩍 바꾸어버렸다. 나는 매우 간단한 방법으로 너에게 줄 꽃을 손에 넣은 것이다. 킬킬

나는 나와 바뀌었다. 나는 꽃을 사고 있었다. 나는 항상 빨간 꽃을 산다. 나는 빨간 꽃을 사는 나에게 빠져 나를 꼬였다. 나는 내가 이어폰을 꽂고 있었기 때문에 나의 말을 듣지 못했다고 생각했다. 나는 이어폰으로 아무런 소리도 듣지

않는다. 나에게 말 거는 게 나는 싫다. 그런데도 내게 말 거는 사람이 있다. 꽃 사슈. 무알 안경을 들켜버린 사람처럼 꽃을 골랐다. 나는 항상 들킨다. 내가 얼마나 빨간지를 나만 빼고 다 안다. 꽃처럼 빨개지고 싶다니. 그래 준다. 미련한 내가 눈치채지 못하게. 나와 바뀐 나는 빨간 꽃을 들고 너에게 간다. 꽃을 받을 네가 없다는 걸 나는 모른다. 나와 내가 점점 멀어진다. 나는 또 빨간 꽃이나 사러 가는 거지 뭐. 기적처럼 내가 너를 만나길 바라면서. 끅끅

그리면서 지운 얼굴

1월의 하늘, 파란 아이스링크에

벌거벗은 스케이터가 얼어붙어 있었다.

심장을 찍어 붉은 잉크를 충전했다.

동영상 재생기를 그리고 플레이 버튼을 눌렀다.

깨어난 스케이터가 빙판을 크게 맴돌았다.

칼날이 파낸 백색 원이 내 얼굴의 윤곽 같았다.

눈코입을 마저 보고 싶었다.

뺨을 뛰어넘는 게 문제였다.

더듬어본 내 얼굴은

윤곽선과 눈코입이 뺨으로 연결되어 있었다.

스케이터가 뺨을 타고 눈코입을 그렸다.

관자놀이와 이마를 타고 귀와 머리카락도 그렸다.

스케이터는 그림이 보고 싶어 얼굴과의 거리를 확보했다.

칼날과 얼굴이 칼자국으로 연결되어 있었다.

뭉게뭉게 그린 얼굴이 지운 얼굴 같았다.

그리면서 지운 얼굴이 상처가 뭉친 실패 같았다.

스케이터는 링크 아래로 얼굴을 굴렸다.

눈부신 얼음의 실패가 지상으로 나풀나풀 풀려 내렸다.

스케이터는 가볍게 점프하여

밟고 있던 칼자국을 놓아주었다.

땅 위에 쌓인 칼자국은 짜지 않은 스웨터

땅과 하늘은 허공으로 연결되어 있었다.

나는 스웨터를 입고

백조가 되어 허공을 타고 날아갔다.

스케이터는 링크에서 퇴장하였고

화면은 아직 나를 받아주지 않았다.

2부

이미지

이어폰이 끊어졌다.
나를 세계로 이끌었던 예인줄

머리카락이 긴 남자들과
음성音聲의 미녀들에게 안겨
눈 속의 지구본을 돌리던 20세기의 전철

나는 세상의 모든 국경선이 통과하는
거대한 터널에 살았다.

무너진 터널
벽화 속의 사람들이
21세기를 향해 걸어 나왔다.

이퀄라이저가
춤추는 분수噴水처럼 깜빡거렸다.

스위치백

지하철에서 스친

20세기의 여자를 기억한다.

이름은 모르고 얼굴만 남은 여자

그녀에게 이름을 지어주어야 할까

그녀의 얼굴을 지워주어야 할까

줄 수도 없으면서

'주다'라는 보조동사를 붙여놓고 보니

짓거나 지우거나 의미 없긴 매한가지

그녀의 얼굴을 지워버리면

지어낸 이름을 지워버릴 수 있을까

본동사를 통일해도

버리기 힘들긴 매한가지

나는 여드름 터지는 봄의 얼굴로

그녀는 단정한 정장 차림으로

지하철의 좌우 좌석에 앉아

어디로 가고 있었을까

목적이 다른 우리의 노선으로 지하철은 달렸다.

노선이 같은 우리의 목적으로 지하철은 달렸다.

노선이 같았기에 목적의 차이가 중요하지 않지만

목적이 달랐기에 노선의 같음도 중요하지 않지만

아닌 것을 아니라고 말하지 못하는

신세기의 내가 20세기의 여자를 기억한다.

라디오에서 들은 음악 같은 여자

제목을 모르는 음악 같은 여자

주파수를 맞추느라 중간부터 들은 음악

광고에 묻혀 끝까지 듣지 못한 음악

음악을 찾는 밤은 아름다웠지.

하나를 찾기 위해 둘과 셋도 알게 되고

화성과 박자를 지켰기에

밤의 음악들은 정의로웠지.

음악이 여자라면

나는 그녀의 반듯한 이마를 기억한다.

그녀의 높은 콧날과

가을의 열매 같은 입술을 기억한다.

이름을 몰라 자문 구할 수 없는

그녀의 목을 잘라버려도 될까

자문할 수 없어 얼굴이 괴로운

그녀의 목을 잘라주어도 될까

동사를 거들지 못하는 보조동사

붙여도 되고 띄어도 되는 보조동사

목적을 잃은 노선 밖에서

채널을 잃은 주파수가 된 나는

있어도 그만 없어도 그만인 건 아닐는지.

시간은 검은 머리카락으로 얼굴을 가리고

주파수가 바뀐다, DJ가 바뀐다.

협찬이 붙은 여자는 면도를 한 뒤

라이방의 호수에 비단 백조를 띄우고,

대머리 신사는 낡은 거울에

좌우로 갈라진 가르마를 비춘다.

험한 세상의 다리마저 무너지던 날

학생들은 연습장에 써가며

주요 과목의 핵심 내용을

강 건너는 방법인 양 암기하기도 하였다.

검은 엑스의 키스
― 구강을 중심으로 한 대규모 공동체 11

마스크를 쓴 남자와 여자가 입을 맞춘다. 마스크엔 검은 엑스가 표시되어 있다. 보는 사람에게 말을 하지 말라는 건지 물어도 대답하지 않겠다는 건지 확인할 순 없다. 그들은 말을 하지 않는다. 그들은 마스크와 검은 엑스를 입으로 맞출 뿐이다. 액화된 말이 마스크에 스민다. 마스크가 젖는 줄도 모르고 혹은 마스크가 젖거나 말거나 두 사람은 입을 맞추는데 별안간 여자의 치마에서 근대적 사원에 세워진 굵은 기둥이 솟구친다. 남자는 치마 속에 손을 넣어 기둥을 아래위로 호위하고 뜨거워진 여자는 기둥만 남겨두고 잠시 옷을 떠나기도 한다. 치마 밑의 실험쥐가 "마그리트, 미안해요. 살다 보니 별의별 연인이 다 있네요."라고 말한 뒤 가글을 하는데, 옷으로 돌아온 시원해진 여자는 커진 기둥의 크기가 만족스럽다.

미세 먼지들의 조우

하늘에서 윈드서핑을 했다. 생각의 판자에 돛을 달고, 입김을 불어 하늘의 파랑으로 파도를 일으켰다. 파도의 아가리 앞에서 따돌리면 안 되는 도주의 희열을 느끼는 찰나였다. 난데없는 호루라기 소리가 파도를 잠재웠다. 사라진 파도의 눈꺼풀 속으로 판자도 돛도 사라졌다. 상상의 수영복만 걸친 내게 교통경찰이 다가왔다. 하늘은 윈드서핑을 하는 곳이 아닌데 어째서 하늘에서 이따위 짓을 하느냐는 것이었다. 어떤 사람들의 표정은 생각을 속이지 못한다. 윈드서핑이 왜 '이따위' 짓이며 하늘에서 이따위 짓을 하면 왜 안 되느냐고 나는 물었다. 아차, 나는 윈드서핑이 이따위 짓이라는 경찰의 말에 동의하고 만 것이다. 사복 차림의 경찰은 이따위 짓은 바다에서나 하는 짓이라고 했다. 내려다보라고, 바다에 윈드서핑을 할 만한 곳이 어디 있냐고, 나는 되물었다. 검은 양복 차림의 구둣발들이 머리카락의 파도를 타고 있었다. 간혹, 손톱만 한 바다의 파란색이 보이기도 했지만 그건 상상보다 비현실적인 바다였다. 바다나 하늘이나 어차피 파란색 아뇨? 바람 좀 탑시다. 그리고 하늘이 이따위 짓을 하는 곳이 아니라면 당신이 하는 그 짓거리의 장소 역시 아닌 것 아뇨? 게다가 제복도 입지 않고 뭐 하는 거요? 뭐요? 그 짓거리? 내가 이 짓거리 하는 게 당신 눈에는 그 짓거리로 보인다는 말이오? 그리고 지금은 휴가 중이란 말이오. 얼씨구, 경찰은 결국 하늘의 교통정리가 짓거리라는 사실에 동의한 것이다. 휴가 중이란 말은 공개된 비밀문서보다 은밀했다. 교통정리는 도로에서나 하는 거라고 나는 경찰에게 말했다. 경찰은 되물었다. 내려다보쇼, 정리할 만한 곳이 있는지. 승차하고 있는 사람보다 많은 자동차들이 신호를 무시하고 있었다. 가끔 횡단보도를 건너는 사람이 있었지만, 그건 신호 위반보다 더 위법해 보였다. 하늘이나 정지 신호나 똑같은 붉은색인데 호루라기 좀 붑시다. 나는 파란색 하늘에, 경찰은 붉은색 하늘에 있었다. 나는 화창한 정오의 하늘에, 경찰은 스산한 일몰의 하늘에 있었다. 하늘에서 조우한 우리, 태양의 눈으로 보면 둘 중 하나는 색맹임에 분명했지만 우리는 서로의 짓을 존중해야 한다는 데 육체적으로 동의했다. 그는 나에게 멱살을 주었고, 나는 그의 수갑에 손목을 주었다. 파란색과 빨간색이 섞인 아름다운 하늘의 보라 빛깔이 바다와 땅을 물들였다. 구둣발은 첨벙첨벙 머리를 짓밟았고, 자동차들은 쭉쭉 빵빵 횡단보도를 무시했다.

내 얼굴은 환승역

방바닥에 누워 서양미술사를 읽던 중이었다. 파리와 이름 모를 날벌레 한 마리씩이 방충망을 비집고 들어와 바닥을 기었다. 옆에 둔 전기 파리채를 들어 두 마리를 지져 죽였다. 벌레들이 독서를 방해한 것은 아니었다. 며칠 전 바가지 쓰고 구입한 물건을 사용하고 싶었던 것이다. 파리채는 파리뿐만 아니라 파리 비슷한 것도 죽일 수 있구나. 그것이 한여름밤에 체험한 곡절 있는 권력의 일부다. 살육은 독서의 내부인 것 같았다. 문득 떠오른 어느 일요일 오후의 산책은 독서의 외부. 구름 낀 하늘이 곧 비를 내릴 것 같았다. 비가 오면 맞기로 한 산책이었다. 아내가 팔짱을 꼈다. 종알종알 지저귀는 아내의 목소리가 가을 하늘 잠자리의 투명한 날개 같았다. 잠자리는 빗속에서 훨씬 잘 날아다닌다고 아내를 속였다. 말도 안 되는 말이었지만 아내는 속아주었고 계속 잠자리를 날렸다. 잠자리가 맞은 비는 결국 강으로 흘러갈 것인데, 탁상의 삽으로 팠다는 운하에는 푸른 피가 고였다. 잠자리는 물속을 헤엄친다는 물고-기계처럼 비를 맞아도 녹슬지 않았다. 마트 앞에는 푸르게 변해가는 생수가 쌓여 있다. 한길엔 여자들의 허벅지가 기름지다. 통신은 이동하고 기지국이 바뀐다. 그것이 산책할 때 본 풍경의 전부. 아내의 잠자리가 앉을 곳은 없었다. 지하철역을 반환점으로 삼은 산책의 막바지. '내 얼굴은 환승역'이라는 세 어절이 무정차 기차처럼 떠올라 아내에게 물었다. 시집 제목으로 어때? 곰 곰 생각하던 아내는 동화 제목 같다며 그 제목 나 주면 안 돼? 했다. 주면 뭐 하게? 곰 곰 곰 생각하던 아내는 대답했다. 가지려고. 나는 잠자리를 위해 아내에게 세 어절을 주었고 아내는 그것을 가졌다. 환승한 내 얼굴이 서양미술사를 읽던 방 안으로 돌아왔다. 충전된 파리 로봇과 날벌레 로봇이 방 안을 소리 없이 날아다녔다. 그것들은 독서에 전혀 방해가 되지 않았다. 나를 갈아탄 사람들은 내게 녹슬지 않는 아내의 재질을 의심하는데, 물컵에 담긴 생수는 아직 투명하고 수면궁睡眠宮을 다스리는 아내는 이 시의 제목을 여태 모른다.

뫼비우스의 라이터

담뱃불을 붙이려 라이터를 찾았다.

가스가 고갈된 라이터

윤전기가 망가진 라이터

잃어버린 라이터뿐이었다.

담배는 한 송이 꽃과 같아

피우지 않으면 냄새가 나지 않는다.

향기 없는 꽃을 입에 물고 모니터를 보았다.

객석의 관중이 무대를 향해

라이터 불꽃을 흔들고 있었다.

모니터 속에 고개를 들이밀고

그들 중 한 명의 라이터로 불을 붙였다.

불은 나눠도 줄지 않았다.

무대 위로 연기를 뿜었다.

처음 피웠던 담배 맛이 났다.

심장은 시간의 붉은 방아쇠

피부는 시간의 노란 탄환.

총구를 떠난 탄환은 멀리 날아갈수록 갈변하는데

나의 탄환은 황변했다.

역류하는 시간에 휩쓸린 것이다.

돌아보니 마흔 살의 내가

모니터 밖에서 라이터를 찾고 있었다.

옆 사람에게 라이터를 빌려

모니터 밖에 던져주고 무대를 응시한다.

마흔의 나는 이 노래를

서대문 리어카에서 사서 들었다고 기억한다.

록 발라드 컬렉션.

자퇴한 중학교 동창이 끄는 리어카였다.

그때는 멤버들의 얼굴을 알지 못했다.

소리보다 늦게 도착한 그들을

마흔에서 출발한 열일곱에 본다.

공연장 밖에는 최루탄 가스가 날리고 있다.

서대문을 뒤덮은 가스는

몸속에서 피어 나온 아카시아 향기보다 진하다.

인왕산에서 출발한 열일곱의 나는

제복 입은 사람들이 피우는 꽃에서는

왜 나쁜 냄새가 나는지 몰랐다.

학교에서는 선생님이 쫓겨났다.

교실에서 종이비행기를 날린 형들은

며칠간 학교에 나오지 못했다.

비가 왔는데도 코를 풀면

휴지에 검은 홀씨가 묻어 나왔다.

잘못 날아온 씨앗이 주머니 속에서 자랐다.

처음 피운 담배는 짝사랑만큼 어지러웠다.

등 뒤의 나는 라이터의 윤전기를 고치고 있다.

담배를 피워서 어지러운 내가

어지러워서 담뱃불을 찾는 나를 느낀다.

창밖에는 황색 리본이 뫼비우스의 띠처럼 묶여 있다.

밴드의 싱어는 모니터 밖에서 고인이다.

그의 친구인 게리도 죽었다.

멤버 중 생존자는 없다.

모니터 밖은 죽음뿐이다.

사람은 누구나 자신을 겨눈 한 자루의 총을 지닌다.

그러나 누구도 타인의 방아쇠를 당겨선 안 된다.

총열의 길이보다 삶의 길이가 짧아선 안 된다.

자신의 탄환에 맞지 않은 사람들이 있다.

총열보다 삶이 짧은 사람들이 있다.

파도가 된 사람들이 있다.

그들을 조준한 총은 누구의 것인가.

공연이 끝나면 나는 마흔으로 돌아가

스스로 겨눈 나의 총구 앞에 설 것이다.

단언컨대 나는 내가 던진 라이터보다 빨리 도착한다.

그러면 나는 재생 버튼을 다시 누르고

모니터 속의 라이터로 불을 붙일 것이다.

담배는 한 송이 꽃과 같아

다 피워도 냄새가 난다.

내가 던진 라이터는 어디쯤 날아가고 있을까.

메이드 인 코리아는 분해했다 결합하면

꼭 나사 하나가 남는다.

달팽이는 머리 위의 거미를 보지 못한다

찬장에 붙어 꿈틀대는
민달팽이를 보았다.
어디 집 없어 여길 왔니
신문지에 받아
우리 집은 좁으니
더 큰 집에 가라.
건물 외벽에 붙여놓고
창문 멀리 돌아서니
수라 속에 들어앉은
것 같은 기분이었으나
아직까지 찾으러 오는
가족 전혀 없다.

달팽이의 걸음으론
온 곳에서 찬장까지
쉬지 않고 걸어도
광년의 거리
가족 살아 있다면

수억 광년 떨어뜨린

일순간의 죄책감이

들 법도 한데

광속으로 기어와

혈육을 찾아도

수라 같은 시는 못 쓸

것 같은 기분일 뿐.

실점하는 추격조

3연전의 마지막 날입니다. 7회말. 관중이 하나둘 자리를 떠납니다. 오늘도 역전의 희망은 보이지 않습니다. 희망이 얼마나 사람을 지치게 하는지 그동안의 패전을 통해 우리는 알 만큼 알고 있습니다. 감독이 위밍업을 지시합니다. 불펜에 선 우리. 말이 좋아 추격조죠. 전문가들은 한물간 패전 처리 투수들이라고 말합니다. 감독은 이미 경기를 포기했습니다. 런다운에 걸린 3루 주자가 집으로 돌아오지 못하고 홈과 3루 사이에서 생명줄을 탑니다. 누구도 구해줄 수 없습니다. 자기 힘으로 생존해야 합니다. 주루 코치들은 이미 더그아웃 쪽으로 몸을 돌렸습니다. 매 경기 이런 식입니다. 끝나기도 전에 끝내버리는 사령탑. 우리 팀 최고 연봉의 마무리 투수는 몇 경기째 껌만 씹습니다. 누가 압니까. 기적처럼 타자들이 승리 타점을 터뜨려줄지. 이닝이 끝나면 우리들 중 한 명이 마운드에 오릅니다. 감독은 경기가 빨리 마무리되도록 추가 실점만 하지 않길 바랄 겁니다. 갑작스런 폭우로 콜드게임이 선언되길 원할지도 모르지요. 내일부터 리그 1위 팀과의 홈 3연전이 시작됩니다. 먼 거리를 날아오는 최강의 방문 팀을 맞아 가망 없는 경기에 매달릴 필요는 없다고 생각하겠죠. 주루사한 주자가 더그아웃으로 돌아옵니다. 누구도 탓할 수 없습니다. 실수하지 않은 상대방의 내야진이 원망스럽다면 원망스러울 뿐. 이런 수준 이하의 팀에서 출루한 게 죄라면 죄. 우리들 중 최고참인 내게 등판 지시가 떨어집니다. 포수의 사인을 무시하고 감독의 면상에 시속 100마일의 직구를 날리고 싶습니다. 노쇠한 나의 공은 더그아웃까지 날아가지도 않겠지만 설사 날아간다 해도 나의 실투쯤은 예상하고 있었다는 듯 감독은 개의치 않을 겁니다. 차라리 상대 팀에게 애원하는 게 나을지도 모르죠. 먹을 만큼 먹었으니 그만 좀 휘두르라고. 내 가여운 희망의 백구가 연거푸 등 뒤로 날아갑니다. 따지고 보면 야구는 공을 가진 팀이 득점할 수 없는 이상한 경기입니다. 전광판에 상대 팀의 점수가 올라가고 누상에 주자가 가득 찹니다. 무사 만루. 감독은 한 명도 못 죽인 나를 교체합니다. 다음 투수에게 공을 넘겨주고 마운드를 내려옵니다. 강판하며 바라본 더그아웃에서 골키퍼 출신의 감독이 타자 출신의 투수 코치, 투수 출신의 타자 코치와 내일 경기를 구상합니다. 스코어가 몇 대 몇인지조차 그들은 모릅니다. 우리 팀 타자들이 활약하지 않는 이상 우리가 잘 던지면 경기는 끝납니다. 상대 팀 타자들이 봐주지 않는 이상 우리가 못 던지면 경기는 지속됩니다. 죽이지 않으면 끝나지 않는 경기. 지는 전략이라도 한번 봤으면 좋겠습니다. 또다시 피안타. 난타당하는 우리를 눈앞에 두고 감독과 코치는 내일의 사령탑만 쌓아 올립니다. 차라리 원정 경기였으면 좋았을 것입니다. 추격조원끼리는 마운드를 인수인계할 때 언젠가부터 글러브를 부딪치며 이런 말을 주고받았죠. '우리의 힘없는 직구가 낙차 큰 변화구가 될 경이의 순간을 위해.' 경기는 아직 끝나지 않았고 여기는 우리의 홈구장입니다.

悲, 테트라포드

태양비가 내린다.

웃옷을 둘둘 말아 터번처럼 쓰고

슬픈 염색체들이 모인 듯한

테트라포드에 앉아

쏟아지는 폭우 바라본다.

이 뜨거운 휴가는 내게 유예된

부조리한 여생餘生의 예감일지도 모를 일.

괴로운 꿈이라도 마음껏 꿀 수 있다면

유전 질환의 불속으로 날아가는 나비를 꿈꿀까.

출렁이는 일에 지쳐버린 바다

꿈을 꾸고 난 뒤에 치솟는

지독한 공복의 악취를 피운다.

이곳은 지옥의 입구일까 천국의 출구일까

나의 선조로서 후손인 내게 묻는다.

답이 똑같은 두 개의 질문

떠나온 날의 꿈인지 돌아갈 날의 악몽인지

흠뻑 젖은 염색체들 이마를 맞대고

연민의 유전자를 나눈다.

양과 쥐가 만나는 시간

밤의 손톱 위에 누워 눈을 감는다.

내가 가진 단 하나의 침대

썩은 지폐라도 얻으려면 자야 한다.

나는 권좌에서 물러난 어둠의 군주

왕에게 배신당한 아침의 쥐들이

밤의 손톱을 물어뜯고 있다.

시간의 배후를 파고드는 저 쥐들보다 느리면

오늘 밤도 영락없는 미라다.

머리맡을 성급하게 찾아온 수면 여왕이

이마 위에 한 올 머리카락을 흘린다.

가늘고 섬세한 감촉이

한 무리의 양 떼를 깨운다.

백일몽을 꾸던 푸른 초원은 어디로 갔나.

나는 양들을 위로할 노래를 부른다.

하나에서 시작하는 끝을 모를 노래.

양 하나에 신화와

양 하나에 왕국과

양 하나에 몰락

나의 눈을 들여다본 슬픈 양들이
어둔 시간의 모래 언덕을 넘는다.
양과 숫자 들이 멀어지는 모습,
밤의 손톱이 깎여 오는 모습이
빼앗긴 나라의 슬픈 전설 같다.
양과 쥐가 만나는 시간,
망국의 하늘에 하얀 달이 야윈다.

구멍 속으로

숨구멍 속에서 나옵니다. 악몽조차 꿀 수 없는 불면의 나날입니다. 비누로 닦은 얼굴이라는 구멍을 갓 짜낸 신선한 표정으로 채웁니다. 말의 목에 마구를 씌우듯 넥타이 구멍에 머리를 집어넣고 회사로 향하는 전철을 타러 갑니다. 자주색 교복을 입고 등교하는 여학생들이 절벽에 핀 도라지꽃 같습니다. 지식과 폭력 속에서 의리를 자습하던 학창 시절이 떠오릅니다. 좌측통행에서 우측통행으로 통행의 질서가 바뀌고 에스컬레이터는 두 줄로 섭니다. 안전선 안에서 전역을 출발한 순환 열차를 기다립니다. 스크린 도어에는 무명 시인의 도라지꽃이 피어 있습니다. 사춘기의 여학생처럼 하루에도 몇 번씩 개화와 낙화를 반복하겠지요. 안전선 밖에 떨어진 꽃 속으로 들어갑니다. 꽃대에 앉아 져버린 꽃을 그리워하는 곤충처럼 어젯밤 상상했던 소설 속의 인물을 생각합니다. 종이가 찢어지면 종이 속의 살인도 사라지면 좋겠습니다. 옆자리의 짧은 치마 속에 남자들의 시선이 빠집니다. 넘어갈 시간이 없는 유혹입니다. 모닝 신문은 날마다 무상으로 제공됩니다. 자살과 표절 기사가 쉬지 않고 실립니다. 자살을 표절한 사람이 있을지도 모르지요. 죽거나 따라 하거나 전력은 힘차게 열차 바퀴를 굴립니다. 나는 확장되지 않는 구멍 속에 태어났습니다. 나는 구멍을 향해 날기만 하는 골프공 같습니다. 누군가 내 머리통을 날려준다면 어떤 구멍을 향해 날아갈까요. 스크린 도어가 열립니다. 활짝 핀 꽃 속에서 안전선 안으로 나갑니다. 돌아보니 가시만 남은 장미로군요. 지하의 출구를 향해 침을 잃은 벌 떼가 날아갑니다. 바뀐 질서는 편안해질 때까지 불편합니다. 출구를 통과한 벌들은 곧 표정의 귀재로 변신합니다. 식도를 가득 채운 신사적인 산책 아저씨를 만납니다. 오늘은 삼 분이 빠릅니다. 스스로 내 머리통을 좀 세게 쳤거든요. 그렇다고 비거리가 달라지는 것은 아니지만요. 괄약근을 힘껏 조인 나로서는 아침 구멍이 없는 아저씨의 산책이 표절하고 싶은 자살처럼 부럽습니다. 새로 채운 표정이 비눗방울처럼 터집니다. 정시가 되어 땀구멍 속으로 들어갑니다. 꿀 수 없는 불면의 꿈을 꿉니다.

슬픈 사람의 강이 인내의 댐을 넘듯

못 박힌 직책과 체불된 급여
나사선을 잘못 탄 것처럼 비뚤어진 나사
의무가 새는 집에서
권리가 새는 회사로
아침저녁 변便과 공복空腹을 나른다.

지능이 마비된 성실한 척추동물
민첩했던 운동신경은 어디로 갔나.
눈 속의 시곗바늘이 감각의 횡격막을 꿰뚫는다.

어제 나는 붉은 태양의 눈을 뜬 사자의 얼굴이었지
오늘 내 얼굴은 태양에 불타는 붉은 낙타의 등

사막을 건너는 자의 발톱 속엔 신기루가 맺혀 있다.
누워서 일하는 강물처럼 발톱 속에서 쉬는 육체
헛배 부른 육체는 더 큰 신기루가 필요하지만
발톱은 상상의 신발 속에서나 기를 수 있는 법

갈기의 불꽃이 신기루에 떨어진다.
슬픈 사람의 강이 인내의 댐을 넘듯
척추의 화분에서 만발한 불꽃들이 신기루를 넘고
사막의 모든 길을 태운다.

나는 발톱 속에 쓰러진 정신의 노숙자
상상이 사상이었던 날들이 끝난 것이다.

해금강 버스

해금강 버스를 탔다.

만우절이었다.

사직辭職이 여행이라는 뜻의 거짓말 같았다.

봄비 내리고

바퀴는 창밖의 젖은 풍경이

찢어지지 않을 속도로만 굴렀다.

오래된 스피커, 클래식 기타 소리

이탈한 삶의 배경음악처럼 흘렀다.

소리의 욕조 비 맞은 피곤을 녹이고

괴로운 꿈을 꾸는 사람처럼

창문에 머리를 부딪쳤다.

덜컹이는 음표의 꿈은

높은 음역으로 올라가는 걸까

편한 음역으로 내려오는 걸까

장승포 가는 버스인지 기사에게 묻는

어린 학생의 물음이 냉수 같았다.

하지만 이 버스는 해금강 버스

길이가 다른 소리를 악보에 얹듯

버스는 목적지 다른 사람들을 태운다.

자기 몸을 휘돌아 나가는 떨림이

음악이라는 걸 기타는 알까

장바구니 든 여자들 자리에 앉아

구멍 깊은 행복을 채우듯 사는 이야기를 했다.

잔액만큼의 여유도 없던 내 마음

낯선 꽃잎 되어 창밖에서 젖었다.

사람들이 두고 나간 이야기가 제 갈 길을 가듯

내가 두고 온 이야기도 갈 곳을 찾을까

바람의 언덕

풍차는 소금의 침묵을 들려주고

어떤 말을 감추려는지

육지는 해변으로 젖은 혀를 밀어 넣었다.

해금강,

주인 없는 이야기가

물속에서 거짓말처럼 빛나고 있었다.

은밀한 젯밥
―구강을 중심으로 한 대규모 공동체 6

짐승의 죽음 앞에 손님들이 모였다.

저마다 아픈 가축을 가진 사람들

공중에 매달린 환기통이 조등처럼

이 상가의 조사를 환기한다.

제상이 차려지기 전까지 빈 탁자 위에서

서로의 동공을 교묘히 피하는 침묵의 시간이 오간다.

초벌이 끝난 고기가 접시에 나오면

사람들의 식도에 삼도천이 흐른다.

상추는 고기를 운구할 상여

고추와 마늘은 부장품이다.

일생을 사육당한 짐승의 살점이 불판 위에 놓인다.

짐승을 위한 곡이 기름을 튄다.

도살의 음식을 먹으며 일생의 허리가 사람처럼 굽어진

스스로의 육즙으로 죽음을 애도하는 슬픈 짐승.

머리가 나왔으면 눈이라도 맞췄을 것이다.

상추 위에 애달픈 짐승의 살점이 놓이고

된장 바른 마늘과 고추가 상여를 장식한다.

사람들은 녹지 않는 고체의 감정을 소주에 띄운다.

입속으로 얼굴 없는 상여가 운구된다.

지글지글, 불판 위의 무도처럼 열렬한 하루가 갔다.

누군가는 실직했고

누군가는 기소 중이며

누군가는 신용을 잃었다.

그것은 짐승의 죽음보다 가련한 일.

처치 곤란한 가축을 놓을 수 없어

고기장을 치르는 사람들

죽음을 위한 추모 대신 자신들의 막다른 숨을

환기통 속에 섞는다.

난관을 고백하는 일이 금지된 서로의 뻔한 축사

그들에겐 풀어선 안 될 넥타이가 있는 것이다.

이름 없는 죽음이 있어서 얼마나 다행인가.

그들은 과묵하게 입속으로 상여를 보낸다.

자신을 노출할 수 없는 슬픈 노예들이

은밀한 젯밥을 먹는다.

도착하지 않는 사람
— 구강을 중심으로 한 대규모 공동체 7

우리 집 부엌엔 밥통이 하나 있고
밥통 속엔 시간을 잘 지키는 여자가 있어요.
그녀는 목소리로 사는 음성 미녀
그녀는 배가 고파도 밥을 먹지 않고
쌀이 떨어져도 울지 않아요.
그녀는 짜증을 부리지도 않고
항상 차분한 목소리로 안내해요.

백미 취사가 시작되었습니다.

나는 그녀의 얼굴을 상상해요.
그것은 생계를 위한 기도예요.
목소리만 존재하는 건 신이에요.
그녀는 목소리가 예쁜 밥의 여신이에요.
신이시여, 저는
오늘의 밥만 먹는 오늘의 사람이 되겠나이다.
먹지 못한 어제의 밥은 음식물 쓰레기봉투에 담았어요.
못 채울지 모르는 내일의 밥그릇은 벽에 던져 깨뜨렸어요.

나는 항상 배부른 상상을 해요.

이 상상은 사는 날까지 채워야 하는 밥그릇 같아요.

증기 배출을 시작합니다.

나는 그녀가 하는 말 중에서 이 말이 가장 좋아요.

밥통이 증기를 내뿜는 소리는 기차의 기적 소리 같거든요.

그것은 그녀가 적극적으로 내게 오고 있다는 신호예요.

그녀의 기차는 연착하는 법이 없지요.

나는 그것을 기도의 힘이라 믿어요.

내 기도를 들어주는 밥의 여신

부엌에 우상 하나 없지만 나는 절대적인 종교를 가졌어요.

취사가 완료되었습니다. 밥을 저어주세요.

그녀를 마중하는 절정의 시간

하지만 아무리 밥을 저어도

그녀는 기차에서 내리지 않아요.

그녀는 배가 고파도 밥을 먹지 않고

쌀이 떨어져도 울지 않아요.

화를 내거나 짜증을 내지 않는 그녀는

목소리로 사는 음성 미녀

연착하지 않지만 도착하지 않는 그녀가

우리 집의 가장 같아요.

남편은 뭘 하는지 방에서 나오지도 않는걸요.

우기의 사랑

검은 스타킹을 신은 여자가
침대 위에 누워 있었다.

핸드백 속에서 먹구름이 몰려와
여자의 다리를 휘감았다.

스타킹을 적신 빗물이
여자의 가랑이에 스며들었다.

비옥한 토양에
취소된 약속의 씨앗이 발아했다.

여자는 배꼽에 핀 꽃을
오랫동안 바라보았다.

심해의 조셉

 딩동. 지퍼 속의 작은집은 '누구세요'가 없는 좁은 구멍을 좋아한다. 그녀는 지퍼 생활 5년째에 접어든 남국의 여자다. 파란 바다를 피부로 가진 그녀는 풍만한 가슴과 엉덩이가 돋보이는 옆모습만 가졌다. 그녀의 목에 걸린 열쇠를 구멍에 밀어 넣고 대문을 열면, 그녀의 피부 속에서 솟구친 날치 한 마리가 거실에 두 발로 착지하여 남자가 된다. 나는 그에게 내가 입은 옷을 벗어주고 벌거숭이가 되어 여자의 피부에 입수한다. 나를 간직한 여자와 후천적인 의상을 입은 남자가 나의 집에서 소꿉을 논다. 창문을 열어 말로 낚은 별을 색깔에 따라 이 별은 건더기, 이 별은 양념, 이 별은 국물, 수다를 논다. 말로 지핀 화로에 얹힌 말로 빚은 냄비 속에서 별탕이 끓는다. 별 익는 냄새 향기로워 그녀가 앞모습을 드러내고 그녀의 입술과 남자의 입술에 별빛이 물든다.

 바닷속의 조셉은 길이가 작다. 조셉은 가이드이며 심해의 물고기치고는 곱상한 외모를 가졌다. 바닷속은 왼쪽과 오른쪽이 대칭을 이루고 있으나 조셉의 설명에 의하면 왼손잡이와 오른손잡이만큼의 미묘한 차이가 있다. 물살이 그녀의 근육인 셈이다. 나는 별빛이 물든 그녀의 입술 근육이 가장 아름답다. 조셉은 나의 직업을 궁금해한다. 내가 '쓰는 사람'이라고 답하면 그는 무얼 사용하느냐고 반문한다. 잠든 아내가 '쓰인 사람'이라고 설명하면 조셉은 포우를 좋아한다고 말한다. 나는 입속에 저장된 검은 고양이를 꺼내 조셉에게 건넨다. 조셉은 검은 털을 뽑고 나체의 고양이를 담배 피우며 아내의 잠보다 깊은 바다로 돌아간다. 꿈꾸는 아내의 머리카락이 그녀의 입술 근육 속에서 너울거린다.

따르릉. 큰집은 '여보세요'가 있는 좁은 구멍을 좋아한다. 백사장을 피부로 가진 그녀는 넓은 이마와 오뚝한 콧날이 돋보이는 앞모습을 가졌다. 콧날로 치자면 옆모습이 코의 오뚝함을 더 돋보이게 한다는 점에서 큰집과 작은집은 미묘한 같음이 있다. 수면을 외출로 착각한 선천적인 의상의 나를 대신해 후천적인 의상의 남자가 별빛이 물든 입술을 닦고 전화를 차지한다. 그와 나는 의상의 차이만 있을 뿐, 쓰였다는 점에서 어지간한 공통점이 있다. 그는 식탁 위에 옆모습으로 돌아누운 파란 피부의 그녀를 지퍼 속에 넣고 하던 음식을 계속하며 아내와 소꿉을 논다.

따뜻한 경제
— 구강을 중심으로 한 대규모 공동체 8

낮술 먹으니 좋네

여자는 불 위의 물에 채소를 띄우고

나는 물속의 불에 고기를 익히네

월드컵 축구 경기가 재방송되는

역촌동 샤브샤브 가게

모니터 속의 선수들은 결정된 승부를 향해 달리고

나와 여자는 채우지 못한 아침의 공복을

점심에 채우며 낮술을 먹네

정오에서 공복으로 열린 섭취의 경로 외에

우리에게 결정된 것은 아무것도 없어서

낮술 마시니 좋네

때 없는 손의 나른한 날들이라 좋네

늦은 아침 밥집을 찾아다니며

여행자의 일정으로 사니

바쁠 일 전혀 없어 먹는 일이 느긋하네

우리는 어제 잠도 충분히 잤고

기억 안 날 만큼 깊은 꿈도 꾸었네

죄 없는 악당들로 가득 찬 사회

나도 누군가에겐 나쁜 경계였을지도 모르는 일

그러나 지금은 물과 불의 경계도 지우는 낮술의 시간

보고할 데 없는 마음의 부유라서 좋네

불에 뜬 물속의 채소는 나의 입으로

물속의 불에 익힌 고기도 나의 입으로

양이 적어 나부터 챙기는

여자의 머리로 생각할 수 있어서 좋네

어제 들어간 골이 또 들어가는 이 순간

함께 흘리는 애액 같아 좋네

많이 벌어둔 햇살 같아 좋네

선명한 가족
—구강을 중심으로 한 대규모 공동체 9

침대 위에 깔린 잔디밭에 누웠지요

햇살이 눈부셔 손수건을 얼굴에 덮었지요

길 잃은 바람이 자꾸만 손수건을 들추고

내 귓속에 들어와 갈 곳을 물었지요

내가 바람과 함께 떠날까 염려되어

당신은 손수건 위에 안경을 씌워주었지요

감은 눈이 응시하는 안경 밖의 밀림이 선명했지요

내게 든 바람으로 밀림 속에 휘파람을 불어

바람의 길을 열어주었지요

그것은 바람이 열어주는 내 눈의 길이기도 했지요

아기 원숭이들이 이 나무에서 저 나무로 놀이를 다녔지요

원숭이들과 놀고 싶어 나무를 기어오르는 악어들도 있었

지요

해먹에 누운 코끼리는 떨어진 열매를 코로 주워

나무 위의 새끼들에게 던져주고요

새끼들은 코끼리의 던지기가 재미있어

받은 열매를 바닥에 되던지기도 했지요

그러다 열매가 깨지면

그 속에서 구름이 뭉게뭉게 피어올랐지요

어둠이 두려운 손수건 밑의 내가

세상이 갑자기 까매졌어 하면

당신은 드문드문 자란 내 흰 머리카락을 뽑으며

그저 지나가는 구름일 뿐이야 했지요

한바탕 비가 내리자 코끼리가 커다란 귀로

열매를 깨뜨린 새끼를 떨지 않을 때까지 감싸주었지요

악어는 깨진 열매를 맛있게 핥아 먹고요

손수건에 덮인 얼굴에 꽃이 만발하였지요

생기지 않은 우리의 아이가 아장아장 꽃밭에서 해맑게 웃어

귀를 빠져나가는 바람에도 나는 날아가지 않았지요

불투명한 상자

—구강을 중심으로 한 대규모 공동체 10

이 속엔

어제 새로 산 화분이 있고

뿌리를 옮기는 식물이 있고

이 속엔

별들이 자리를 잃은 까만 밤이 있고

별들을 비추던 푸른 눈이 있고

이 속엔

어지러워 쓰러진 술병이 있고

머릿속에서 찢어진 우주 지도가 있고

이 속엔

우주로 떠난 사람이 있고

그때 하지 못한 마지막 말이 있고

이 속엔

붉은 바람이 부는 사막이 있고

스쳐간 모래알들이 있고

이 속엔
치밀하지 못한 후회가 있고
수정된 내일 계획이 있고

이 속엔
컵을 넘쳐흐른 생수가 있고
쏟아진 생수에서 자라는 식물이 있고

이 속엔
개지 않은 이불이 있고
이불 속에서 잠자는 내가 있고
나를 깨우는 햇살도 있지만

이 속엔
조금 더 자라고 하는 여자가 있고
여자가 썰어준 키위도 있다

그것이 내가 날아가지 않는 이유

3부

유리 위에 그은 선분

입김이 지워진 자리
지렁이 한 마리가 꿈틀거린다.

개방된 기억 속엔
고개를 돌린 얼굴

돌아보지 않는 뒷모습만 간직한
선분에 갇힌 짐승이지만

다리 없는 이 포복의 짐승이
결코 넘어지지 않을 것임을
나는 안다.

노을, 스타킹 속으로 사라진

길 잃은 내가 울고 있어요. 당신 손을 잡고 울고 있어요. 똥 싼 바지에선 뭉게뭉게 버섯구름이 피어나고요 당신의 멜빵치마 살색 털 스타킹에 노을이 물들고 있어요. 사라지는 태양 같은 당신의 수풀 속에서 힘센 군인들이 저벅저벅 걸어 나와요. 군인들이 깐 내 엉덩이는 수치심만 알았어요. 풀잎으로 닦은 엉덩이는 금세 탱탱하게 말랐지만 약수에 헹군 바지는 마를 줄을 몰랐지요. 당신은 꽃처럼 지고 군인들은 마른 혀처럼 복귀하고 젖은 바지를 입히는 일은 샛별처럼 빛나는 당신의 몫이었어요. 노을을 짜 말린 당신의 스타킹은 책임감만 알았어요. 버섯모자를 눌러쓴 나의 얼굴만 어머니는 알아볼 수 없었지요. 노을이 물들었던 스타킹 속에 밤이 깊었어요.

래비타이거

토끼도 아니고 호랑이도 아닌 래비타이거

토끼이면서 호랑이인 래비타이거

육식의 순간엔 채식을

채식의 순간엔 육식을 하는 래비타이거

아니야 그게 아니야

고기를 채식하는 래비타이거야

야채를 육식하는 래비타이거야

명왕성이 발견된 2월 18일

내가 탯줄에 감겨 나왔다

정체를 알 수 없는 래비타이거

의문의 아버지는 끈에 감긴 팽이를 돌리듯

탯줄에 감긴 나를 돌렸다

빙글빙글 돌아 쫑그렁쫑그렁

하지만 그건 아버지의 잘못이 아니지

아버지는 내게 숨을 주려고 했던 거지

빠른 출생의 호흡, 회전하는 나사의 호흡을

팽이 꼭지에 끼운 딱지의 색깔이 섞이듯

토끼의 태생과 호랑이의 운명이 섞였다

호랑이는 토끼의 가면이야

호랑이는 토끼의 콘돔이야

가면 속의 토끼는 호랑이를 사귈 수 없어

콘돔 속의 토끼는 토끼를 낳을 수도 없어

명왕성은 지구와의 인력을 박탈당하고

우주의 비를 맞고 있다

그치지 않는 무중력의 비!

달나라의 토끼는 자기의 정체를 알까

절구 속에 삽입하는 자위의 깊이를 알까

사랑한다고 말하면 굶주린 포효가 돼

가지 말라고 말하면 염치없는 구걸이 돼

줄무늬 귀로 두 눈을 가리고

12간지의 가랑이를 통과한 래비타이거

나는 다락방에서 어머니의 젖을 빨았지

유두에 남은 이빨 자국은 의미 없는 상형문자야

젖이 마른 어머니는 토끼 인형에 호랑이 눈깔을 붙였다

그건 어머니의 잘못이 아니지

어머니는 내게 밥을 주려고 했던 거지

뒷다리를 저는 밥상의 식사, 쏟아진 바닥의 식사

조용한 가정의 야생동물에서

흩어진 가족의 애완동물이 되기까지

가면 때문에 토끼가 못 된 래비타이거

얼굴 때문에 호랑이가 못 된 래비타이거

자급자족의 밥상에서

토끼가 생각하고 호랑이가 말한다

우리의 먹이사슬은 무엇으로 조직되는가

색깔밖에 없는 똥밭에서

호랑이가 말하고 토끼가 생각한다

우리의 질량은 무엇으로 보존되는가

회전하는 나사의 속도로 제자리를 파고드는 래비타이거

자전하는 공전의 속도로 명왕성을 쫓아가는 래비타이거

사랑의 집

비닐로 칭칭 감긴 집에서

나는 살고 있네

이 집은 너무 투명해서

아무것도 보이지가 않네

집만큼 투명한 사람들이

상냥하게 동거해왔네

볼 수 없는 소리만 들릴 뿐

만질 수 없는 촉감만 느낄 뿐

나는 눈뜨고 있네

상냥함은 난폭함의 여백일 뿐이네

투명한 오라가 손을 등 뒤로 묶네

투명한 재갈이 입을 귀에 거네

손가락과 발가락 사이로

축축한 공포가 척추를 적셔 오르네

귀에 걸린 입에서 비명이 새네

동거인들이 마구 섞이는 것 같네

섞여도 투명한 것들은 투명할 뿐

감각은 공포의 여백일 뿐이네

처음엔 투명해서 아무것도 보이지 않았네

지금은 투명해서 온통 투명해 보이네

나 여기서 영영 죽고만 싶네

마녀는 매일 밤 고양이를 보낸다

당신은 이 도시에서 가장 키 큰 건물에 산다.
당신의 방은 뾰족한 원뿔 지붕 밑에 있고
당신의 방엔 커다란 원형 창문이 달렸다.
달의 의상을 얇게 걸치고 깊숙한 안락의자에 앉아
당신은 아름드리 고양이를 안고
키 작은 집들이 접어내는 골목길을 지나
골목의 끝에 엎드린 나의 방으로 달의 악보를 내린다.
당신은 매끈한 종아리로 리듬에 탄력을 넣으며
푸른 매니큐어를 칠한 집게손가락으로 고양이를 탄다.
팽팽한 음표들 낱개로 자라나 수백 마리의 고양이가 되고
당신은 동그랗게 입을 오므려 주문이 발린 은빛 바람을
고양이들의 입에 물려준다.

달의 악보를 타고 고양이 떼가 여과 없이
내 꿈의 창호지를 통과한다.
고양이들은 내 중추신경을 사뿐사뿐 밟고 내려와
동그랗게 말린 주문의 각질을 깨뜨린 뒤
창호지를 할퀴고 사라진다.

〉

당신은 아름드리 고양이를 품에 안고

나는 당신 닮은 은빛 바람을 품에 안고

감기

목도리를 풀었더니
고양이가 할퀸 자국이 쓰리다.

겨우내 어깨 위에 고양이가 얼어붙어 있었다.
녹여주지 않으면 떠나지 못하는 습성 때문에
몸이 그토록 뜨거웠던가.

발톱 하나를 흘리고 간 녀석 때문에
어깨는 아직 계절의 경계

야생에도 골목에도 속하지 못해
사람을 옮겨 다니는 이 고양이의 거처를
나는 잠시 마련해주고 싶었던 걸까.

한기를 몰아내는 뜨거운 기침 속에서
고양이는 눈물방울을 수염에 달고 떠났다.
다시 돌아올 수 없는
바이러스의 애드벌룬을 타고.

또 다른 고양이가 온다면

이 발톱의 주인이라 여기리라.

아무도 할퀴지 못한 내가

그 누구의 첫사랑도 되지 못했듯.

초야

취침 음악 틀어놓고 옅은 잠 들었다가
기억의 고성능 오토리버스
어둠 속에 눈을 뜬다
얼굴들, 그립지도 않은
내 심장에 실밥을 남긴 얼굴들
검은 방 안에 결계를 치면
들끓는 피의 분출 견디지 못해
한 올 한 올 터져나가는 실밥들
한 손에 찢어진 심장 움켜쥐고
역겨운 피비린내 맡으며 신음하면
이것이 나의 첫날밤이라고
끝도 없이 반복될 첫날밤이라고
조롱하는 얼굴들
햇빛이 들지 않는 막다른 방
창밖엔 시간도 비켜 가고
어둠이 도배된 방 안에서 빛나는
카세트의 연둣빛 액정 바라보면
기상 라디오의 모닝 잉글리시

We loved each other

또 얼마나 가는 바늘을 심장에 꽂을까

수면제 한 알 먹고 싶은 어둔 아침

술병조차 말라버린 미친 아침

고슴도치의 사랑

—구강을 중심으로 한 대규모 공동체 2

사랑이 나를 사라지게 한다. 이 말의 의미를 알고 싶다. 당신이 부정한 의미 속에서 내가 한 말도 그 뜻을 잃었다. 우리들의 망명亡命 도시엔 나이아가라가 있었다. 폭포에서 파생된 하얀 치아의 협곡으로 액체와 기체가 교차하던 나이아가라. 이마를 맞댄 공복의 하루, 나체의 언어로 액체의 현을 튕기던 탄력적인 기체의 밤. 야광의 물고기들이 입가에 파인 수로에 첨벙첨벙 빠졌다.

입 벌린 나이아가라로 태어난 까닭과 살아온 까닭이 알코올에 씻겨 쏟아졌다. 당신을 만난 까닭과 나밖에 될 수 없는 까닭은 사연에 밀봉되어 쏟아졌다. 섞이지 않는 유체들이 같은 구멍을 반대로 통과하는 나는 두 사람. 역으로 갈린 폭포를 따라 사랑했던 모든 것이 사라졌다. 사랑이란 구멍을 통과하는 휘발유. 살냄새에 취한 노숙의 밤은 가고 살점을 발라낸 시간의 가시가 아침의 삼각주로 녹아 흘렀다.

사랑해서 사라진 미완성의 입맞춤, 이름을 잊은 망명忘名 도시.

〉

　사라짐이 나를 사랑하게 한다. 나는 의미 없는 이 말에 중독되었다. 당신이 걸러낸 의미 밖에서 내가 한 말이 내 입을 찾았다. 알코올 중독, 니코틴 중독, 실연 중독. 사랑은 중독의 과거다. 담배의 사랑은 연기, 꽃의 사랑은 가시. 내 사랑은 가시가 역류하는 폭포다. 언어의 섹스가 사생아를 낳은 날카로운 가시의 폭포에서 내가 더 사랑해야 할 것은 무엇인가.

　엉덩이를 뒤로 뺀 채 포옹하지 못하는 두 마리의 고슴도치가 담배 키스를 나누며 서로의 입속으로 말없이 사라진다.

환각의 튜브
— 구강을 중심으로 한 대규모 공동체 3

퇴원 후 첫 번째 목욕, 내 몸에서 스며 나온 지렁이가 수면 위에 떠오르는 환각을 보았다. 입과 항문뿐, 얼굴도 없고 가랑이도 없는 지렁이. 꿰맨 자국을 더듬어보니 올리고 내릴 수 있는 지퍼 같았다. 그가 나의 지퍼를 내린 것이다.

한 번쯤 입원하고 싶다는 생각을 했었다. 초기에 발견되어 완치가 가능한 낭만적인 난치병. 하지만 나의 입원은 상해로 인한 것. 병실의 침상도 내 마음까지 받아주진 않았다. 때수건에 밀려 수많은 지렁이가 기어 나왔다. 그것은 내가 받은 오해 같기도 하고 내가 한 오해 같기도 했다. 내 것이 아닌 입속에서 나는 꾸며진다. 꾸며진 나는 입의 것이 아닌 손에 죽을 것이다. 신은 내 주위에 많은 입을 심었다. 내게 햇살이 비치는 걸 원치 않으니까. 지퍼를 올렸다. 그것은 내 손이 한 일. 바닥에 떨어진 지렁이들이 서로의 항문을 물어뜯으며 배수로를 타고 수챗구멍 속으로 휩쓸렸다.

병상에서 수습당한 옷 대신 새 옷을 입고 싶어 옷 가게에 갔다. 옷은 입고 있었지만 고를 옷이 없어 나는 나체였다. 거울에 비친 내 모습을 보았다. 내 몸뚱이에, 내 얼굴에, 너의 입이 붙어 있었다. 지퍼 안에서 얼굴이 같은 지렁이들이 다른 놈의 항문인 줄 알고 자기 항문을 물어뜯었다. 피하의 방죽이 무너졌다. 화창한 날, 오직 내게만 비가 내린 것이다. 신은 내게 햇살이 비치는 걸 원치 않으니까. 지퍼가 열리고 젖은 옷 속에서 죽어가는 지렁이들이 꿈틀거렸다. 빠져나가는 나의 등 뒤에서 그의 목소리가 희미해졌다. 출구와 입구를 구별할 수 없는 매장이 어디가 입이고 어디가 항문인지 알 수 없는 한 마리의 지렁이 같았다.

새벽 네시의 나프탈렌

담배로 양치질을 했다.
자전거를 탄 소녀가 골목을 빠져나가는
새벽 네시

스침의 동의어인 내 생애의 인연이
단 몇 초로 요약된 것 같았다.

형광등에 젖은 커튼의 연두색이
방의 울음 같았다.

새벽의 이마에 굵은 못이
마음의 핵심처럼 박혔다.

날숨에 섞인 박하향 나프탈렌을 못에 걸고
방으로 돌아와 울음을 만졌다.

빛에 젖은 커튼의 흐름을 따라
강제로 사랑한 첫사랑의 귀신들이 창을 빠져나갔다.

내가 만진 공기가 탁했던 것이다.

마음을 창밖에 걸어두었으니
이젠 귀신들도 심호흡을 할 때
청명한 마음속에서 편히 쉬라.

자전거를 탄 소녀가 골목을 빠져나간
새벽 네시
입속에서 울음이 기화하는 소리가 들렸다.

재떨이가 있는 금연 구역

소설가 K는 담배를 끊었다. 시인 S는 술을 끊었다. 불붙이지 않은 담배를 물고 양변기에 앉아 나도 무언가 끊어야 할지 고민한다. 문엔 금연 구역이라는 경고문이 붙어 있고 우측 벽엔 재떨이가 붙어 있다. 지키라는 규칙을 지킬 것인가, 치우지 않은 시간 속으로 산화할 것인가. 불혹이 되어도 매사가 양자택일이다. 기찻길처럼 뻗은 끝없는 선택의 순간. 잘못된 선택이 기차를 움직여왔다. 종점이 없는 선로. 풀면 풀수록 심각해지는 문제들. 문제가 문제가 아니라 문제 앞에 선 내가 문제다. A를 선택한 나는 어떻게 될 것인가. B를 포기한 나는 어떻게 될 것인가. 잘못된 선택이 출제한 문제로서 살았다. 끊을 수 있다면 술이나 한잔 마시며 이 지긋한 선택을 끊고 싶다고 말하고 싶은데

편집자 P는 눈이 아프다고 하고 미용사 S는 허리가 아프다고 한다. 피우지 않는 담배를 물고 아픈 사람들의 모습을 그려본다. 눈이 아프면 머리도 아플 것이고, 허리가 아프면 다리도 아플 것이다. 머리에서 허리로, 허리에서 다리로, 서로 모르는 두 사람의 통증이 수직으로 떨어져 바닥을 친다. "너도 몸조심해라." 보이지 않는 내 얼굴도 아파 보이나

보다. 나만 모르는 통증이 내게 있는지도 모르는 일. "힘내라." 힘을 주고, 좌석을 바꾸어보는데, 외판원 L은 출장 중이라 하고, 사무원 S는 야근 예정이라 한다. 사람과의 인력보다 지구와의 인력이 더 커져버린 비만한 세대. 지구를 질투해보았자 별 볼 일 없다. 담배를 갑에 넣고 이니셜 속으로들어가 일자리에 앉는데 책상에 쌓인 교정지를 보니 내 인생이나 교정보고 싶다.

한 대 피우러 옥상에 올라가 담배 다시 물고 불을 붙인다. 흡연 구역인 옥상엔 재떨이가 없다. 바람에 재를 떨며 시답잖은 대화를 회상한다. "말할 때 왜 항상 웃어?" "아니면 웃을 일이 없거든." 바람의 방향이 바뀐다. 잘못 뽑은 담배의 재가 얼굴에 떨어지고, 담뱃갑 속엔 잇자국이 찍힌 담배가 남는다. 어떤 사람들은 질문으로만 말을 걸고 어떤 사람들은 오답으로만 대답하고

검은 원판 위의 포클레인

테이블이 돈다.

책상 위에 올려놓은 낡은 테이블이 돈다.

턴테이블이라서 도는 것일까

돌아가기 때문에 턴테이블인 것일까

이름의 유래를 따지는 효력 없는 생각 따위엔 아랑곳없이

테이블이 돈다.

테이블에 회전의 기능을 더하는 접두사 같은 '턴'이

내게는 인생의 반환점이란 뜻을 더하는 접두사 같아

턴테이블을 테이블이라 불러도

회전할 것은 회전하고 돌아올 것은 돌아온다.

테이블이 돈다.

돌아가는 테이블에 달라붙어

빛바랜 재킷에서 꺼낸 레코드판도 돈다.

연필로 그려진 재킷 속의 남자

낡은 점퍼 주머니 깊숙이 두 손을 찔러 넣고

철길을 걷는 그가 반환점을 돌아오는 나의 분신 같다.

남자는 그려졌기 때문에 걷는 것일까

걸었기 때문에 그려진 것일까

묘사와 행위의 우선순위를 따지는

부질없는 생각에 아랑곳없이 돌아가는

테이블 위의 레코드판에 카트리지를 얹는다.

흰빛이 도는 검은색의 원판이 지각의 어느 층위 같다.

판을 찍는 바늘은 기억을 발굴하는 포클레인이다.

인위적으로 자전하는 레코드판 위로 먼지가 날린다.

의도하지 않은 후회가 불쑥 멱살을 잡는다.

사랑도 못한 주제에 이별을 상상한 죄책감

공사판으로부터 귓속으로 놓인 철길을 따라

검은 콧수염 소년이 얼굴 없는 표정으로 걸어온다.

소년은 수염을 떼어 내 턱에 붙여주고

기억의 지각 저편으로 노을이 되어 사라진다.

지구는 처음에 판판한 절벽이라 여겨졌지만

둥근 지구에도 절벽은 있다.

파고들지 못하는 마모된 나사에겐

제자리도 절벽이다.

바닥에 깔린 절벽, 뛰어내릴 수 없는 절벽에 휩싸인

나의 눈앞에서 테이블이 돈다.

빙글빙글 돌아가는 테이블이 아니라

박힌 바위가 너무 커 진행을 멈춘 포클레인이

제자리를 맴도는 나사의 회전 같다.

포클레인을 코끼리차라고 부르던 시절도 있었다.

과자를 줄 테니 코로 받으렴.

검은 원판에 붙은 라벨은 회전하는 문자의 늪이다.

책상 위에 널린 에이포 안에서

위악적인 글자들이 늪으로 빨려간다.

가수의 이름과 나의 이름이 섞이고

가사의 내용과 나의 일기가 섞인다.

25분의 A면

현재의 시간에 멈춘 과거의 시간

얼마나 많은 과자를 주어야

배를 불린 코끼리가 늪을 통과할까.

기억이 늪인지 현실이 늪인지 모르는

나의 눈앞에서 테이블이 돈다.

문이 없어 열지 못한 나의 마음에 갇혀

가수는 쿵쿵 바위를 두드린다.

나이기 때문에 이렇게 살았던 걸까

이렇게 살았기 때문에 나인 걸까

턱이 가려운지 코밑이 가려운지도 모른 채

B면은 타인의 인생으로 살고 싶은

나의 등 뒤에서 테이블이 돈다.

허공의 무희

두뇌 속의 불꽃이 타오르는 밤이다.
창窓의 고막에 비 맞은 벌레들이 달라붙는다.
계절의 순환이 끝난 것만 같은 혹독한 우기
벌레들이 대신 들어주는 음악에 맞춰
연기가 허공에서 상승의 춤을 춘다.
한꺼번에 오지 않아 아름다운 아침이라는 말
안개 속으로 걸어간 사람의 뒷모습만 새길 뿐
남은 사람의 일을 묻지 않는다.
삶이란 미친 듯 춰젖히는 한판의 춤
무희의 발놀림이 현란한 건
내뱉은 입김에 온몸을 맡겼기 때문일 것이다.
숨 쉬는 모습을 표현하는
발 딛는 곳 죄다 휘발하는 죽음의 안무
지상의 무대는 결코 없는 것일까.
벌레들은 죽은 듯 사라진 음악만 듣는다.
두뇌 속의 불꽃을 신이라 했던가.
불꽃이 있는 한 살아 있는 것이라 했던가.
나는 부질없는 종교에 빠져

무도 속의 계단을 오른다.

그 무엇도 연기의 율동을 멈추지 못한다.

하늘을 가린 저 험악한 비의 손아귀도

연기의 발목 그러쥐지 못할 것이다.

내가 없는 세상에 보내는 나의 뒷모습

안개 속으로 들어간 사람은 안개 속에서 나오는 법

미련 없는 생각이 재떨이에 쌓인다.

새의 수화

새가 되고 싶었다.
말없이 스스로의 달을 물고 와
밤의 인사를 받는 새가 되고 싶었다.
아침의 정맥에서 저녁의 동맥으로
저녁의 동맥에서 밤의 모세혈관으로
독비행獨飛行의 노래를 나르는 새

언어의 그물을 펼치게 한 내 비행의 쓸쓸함을
태양의 계절을 무리 지어 찾아가는 철새들이 비웃고
문명의 광선에 쏘인 내 야생의 유전자를
새장 속의 구관조가 쪼아댄다.

음주의 계단을 올라가는
교화의 절벽에서 떨어진 새

가락 많은 손으로 변한 내 음성의 깃털
그 누구도 수신하지 않는 공허한 수화

포수들은 그물 속으로 깨진 피리를 겨누고
음표를 줍는 내 척추는 유성의 궤적을 닮아간다.

하늘의 집은 장자의 귀가를 기다리는데
그물 속의 계단은 끝이 없는 음역

내가 말이 없는 새라면
술 취한 나의 보행은
얼마나 아름다운 구름 위의 비행일까.

달의 뺨에 새의 손톱이 파인다.

아침의 보행

낱말에 배신당한 가사 같은 날이다. 소속은 사회에 버렸고 사람은 버린 소속에 묻었다. 병목처럼 가는 밤의 통로로 걸어와 오선지 같은 계단에 목을 건다. 텅 빈 몸으로 돌아온 비참한 입. 내가 이루려 했던 것은 무엇이었나. 욕망을 잃은 듯 음표 떨어진 오선지가 심야의 목을 조른다. 오늘 밤의 노래는 비명이다. 달의 머리에 비유의 왕관을 함께 씌워주던 때, 지붕과 지붕의 단절은 아름다운 공백이었고 노래는 하늘의 입술과 바람의 피부와 계절의 관절을 매만지는 애무였다. 지금은 밤의 베개를 터뜨리는 폭탄. 수면의 창가에 검은 연기의 악보가 펼쳐진다.

별들의 피가
악보 위에 툭툭 떨어진다.

죽은 달과 함께 부르는 비명의 윤창이
수면의 창문을 깨뜨린다.

다른 곳에서 온 길의 교차처럼

같은 낱말을 가진 가사 같은 사람

우리의 것이라 믿었던 아름다운 선율의 사회에 속한다.

선율이 버린 가사 같은 날

밤이 자신의 시체인 아침을 끌고 온다.

지워지는 가사가 주검 속으로 걸어간다.

마우스 투 마우스

나는 기다린다.
심장이 검은 애인이 자라
내 붉은 입술에 입 맞추기를

나는 기다린다.
이 털북숭이 만년필의
붉은 잉크가 하루빨리 마르기를

나는 기다린다.
아무리 기다려도 오지 않는
이 얼굴의 끝을

벗이나 적이나
배신하긴 마찬가지

한 명의 벗도 없이
한 명의 적도 없이

나는 기다린다.
아무것도 기다리지 않는
순간이 오기를

나는 기다린다.
쓸쓸한 벗과 적이
나를 그라고 부르게 되기를

나는 기다린다.
심장이 검은 그들의 입술이
붉게 물들기를

소문의 힘
― 구강을 중심으로 한 대규모 공동체 4

여름이 가기 전
내가 죽었다는 소문이 돌았다.

헤엄치던 고래가
수면 위로 솟구쳐 수증기가 되었다.

날아가던 독수리가
비행을 멈추고 구름이 되었다.

나는 가위를 가졌다.
그것은 거울로 된 가위였다.

나는 가위를 코앞에 들어 올려
소문난 죽음을 절단했다.
그것은 명백한 허위였다.

가윗날을 모으니 거울에 코가 비쳤다.
가윗날을 펼치니 코가 사라지고 눈이 비쳤다.

가윗날 밖으로 사라진 콧속에서
고래와 독수리의 뼈가 쏟아졌다.

코가 없는 눈동자에서 쏟아진 폭우가
거울에 비치지 않는 입술을 뒤덮었다.

가위를 던지자 거울이 깨졌다.
거울이 깨지자 여름이 갔고

소문을 절단하자
내가 정말 죽어버렸다.

나의 종말
─구강을 중심으로 한 대규모 공동체 5

숨을 깊이 들이마시고
몸을 진흙에 묻었다.

살이 썩어 부서지고
진흙이 말랐다.

머금었던 숨이 바람이 되어
마른 흙을 불어냈다.

눈부신 백골이 드러나고
귓속에 있던 벌레들이 후퇴했다.

진흙 속의 진주가 되기 위해
진흙 속의 진주가 되기 위해

해설

사랑이여,
이 죄 없는 포유류 악당들을 보살피소서

신동옥 / 시인

은닉과 폭로, 그것이 내가 하는 소임입니다.
내게는 당신을 소멸시키는 능력이 있죠.

― 박장호, 「사랑하는 눈의 노래」*에서

다분히 결정론적인 시각으로 읽힐 소지가 있지
만, 현재의 '나'라는 인간은 죽음을 향해 완결되어
가는 과정에서 반대편에 있는 두 요소들이 상보적
으로 계열을 이루며 아슬아슬한 균형의 지점에서
가까스로 제어한 '마음의 상태'에 불과할 수도 있
다. 지금보다 이른 시절의 기억은 어른으로서 지
금의 기억이 환기한 구성물이다. 이미 나이를 먹
고 완숙한 세계에 대한 강고한 공격성과 반항심리
가 없었다면 오늘날 이 자리에 번성한 모든 예술
작품들은 일찌감치 망했을 테지만, 오래전 젊고

* 박장호, 『나는 맛있다』, 랜덤하우스코리아, 2008.

핏기가 채 가시지 않은 열정 속에 수염이 돋는 자리며 홍조가 올라오는 뺨이며 쓰러지듯 잠자리에 몸을 누이는 버릇이며 모두 유전적인 기질에 따라 진행되고 있는 몸뚱어리를 바라다본다. 마치 예정된 수순처럼 변화하고 유전하는 몸의 세계의 외로 된 사업과 기억의 외로 된 사업은 한사코 만날 기미조차 보이지 않는다. 오히려 유전적 기질(운명, 결론, 예기치 않은 변화serendipity, 체념……)과 유년의 기억(청년, 들끓음, 사랑, 원망……)이 상보적으로 지금의 내 마음을 만들어낸다.

그래서 '자기애 속에서 사랑의 대상을 찾는다'는 정신분석의 금언이 태어난 것일지도 모를 일이다. 자애롭고 평화로운 모성적 세계에 대한 희구가 부정되는 순간의 결핍감이 있다. 완고하고 또 강고하고 법의 이름으로 나의 마음을 집행하려 드는 부성적 세계에 대한 분노가 치밀어 오르는 순간이 있다. 억압에서 기원한 결핍감과 분노가 만들어내는 최초의 사랑이 바로 자기애다. '우리'는 이런 식으로 '자기를 스스로 안다고 착각하는' 주체가 된다. 그러니까 뭣도 모르면서 모든 것을 안다고 생각하는 인간이라는 주체는, 저 먼 기억 속의 어린아이가 간직한 분노와 결핍감을 억압하고 밀쳐둔다. 자기애는 어린아이의 자아와 지금 이 순간 여기를 사는 나라는 주체가 맺는 관계다.

그리하여 인간은 태생적으로 닮은 이미지에 사로잡힌다. 자아는 원래부터 타자였고, 자아가 희구하는 사랑의 대상은 '자아인 타자'다. 인간은 원래부터 타자인 자아를 가지고 있기 때문에 도처에서 닮은 자가 출몰한다. 사랑에 빠졌다고, 이윽고 그 사람을 발견했다고 말하는 것은 이쯤에서는 억지다. 사랑에 빠졌냐? 네가 누군데? 내가 누군데? 저 꽃은 무어고, 네 마음은 또 무언데? 누가 누구를 꼬인 건지 알고나 하는 말이냐? 알 수 없도다. 인간이 쓰는 언어라는 것도 닮은 것들이 가진 유사성이나 같은 형태에 대한 안정감에서 의미작용을 일으킨다. 언어는 형식과 내용에서 이미 유착되어 있다. 이쯤이면 기호sign는 협잡이고 오도된 자기애를 퍼뜨리는 삿된 부적이다. 뭐랑 뭐가 똑같다고, 무슨 이야기랑 무슨 이야기가 일맥상통한다고, 그건 생략하고 이건 부풀린다고? 말이 되냐?

사랑의 기원과 가능성이 부정되고 나면 남는 것은 무언가? 나만의 은밀한 비밀과 음모가 남는다. 인간은 결국 '나와 타인이 다르다는 사실에서 오

는 불안Heimlichkeit'에 사로잡힌다. 낯섦이 가져
오는 불안 때문에 사랑을 찾을 것이 아니라, '소
통', '구강' 언어, '공동체'에 대한 강박이 지배하
는 내면, 그 기원에 자리한 '나'에 대한 사유를 극
한으로 밀어붙여야 할 일이다. '나'는 누구인가?
박장호는 일찌감치 '나는 누구인가?'라는 정체성
물음보다 중요한 것은 '나는 맛있다'라는 불분명
하지만 강력한 취향의 자기장에 대한 몸의 사유라
고 말했다. 그리하여 전작에서 박장호는 기호작용
의 가능성을 깨부수는 어법, 기호의 기원이 되는
자기의식과 대상 인식의 불가능성을 통찰하는 중
얼거림을 보여주었다. 박장호는 그 마지막 자리에
연민의 시선을 남겨두었는데, 그것은 대부분 처절
한 자기아이러니로 드러나는 수가 많았다. 두성,
흉성, 복성으로 토해내는 샤우팅의 먹먹함이 박장
호 시의 한 축이었다.

나는 세상의 모든 국경선이 통과하는
거대한 터널에 살았다.

―「이미지」부분

자기를 스스로 대상으로 하고 아이러니를 구사
하는 자의 고독은 누구의 몫으로 남겨져야 옳을까!
먼저, 섬이 있다. 아니, 섬이라는 명명법이 있다.

그해 겨울 주인은 나를 데리고 멀리
흔들리던 밤바다에 갔었지
바다는 매번 다른 얼굴의 사람들을 해변으로 보내고
사람들은 조루증 환자처럼 흐느적거리며 사라졌지
주인은 이런 주제의 노래를 전혀 알지 못했지
화음은 세월처럼 부서지고
세월은 검푸른 악장 위로 소리 없이 흘러갔지
주인은 젖은 손으로 나를 쓰다듬다가
지워진 사람들의 얼굴 속으로 말없이 걸어갔지
깨끗하게 사라진 주인의 발자국을 밤새 바라보았지
수평선은 한 치도 물러서지 않았지
해안선은 점점 가까워지고 있었지
모래알이 기관지에 흡입되는 소리
물방울이 심장에 차오르는 소리
비명만으론 음악이 될 수 없다는 걸
그때 알아버렸지
그날 이후 몸 안에도 바다가 생기기 시작했지

— 「섬이 된 기타」(『나는 맛있다』, 랜덤하우스코리아, 2008) 전문

섬은
밤마다 뭍으로 올라가

사람들이 벗겨낸
피부를 핥아 먹고

제 안의 강을 따라
바다로 돌아와

다시 어두워질 때까지
썩는 몸을 견딘다

해변으로 누런 고름을
흘려보내는 그 섬을

사람들은 무인도라
부른다

―「금속성」 전문

그것은 없는 장소를 호명하려는 오랜 의지atopos
의 다른 이름이다. 기저에서 대륙이 비롯된 암흑
의 핵심과 연결되어 있으나 표면상으로는 망망대

해에 평지돌출한 암석과 흙덩어리다. 지구의 진화 방식과 더불어 오랜 세월 생성해온 그것은 물질적으로는 모든 것과 연결되어 있지만, 물리적으로는 '우리의 땅인 육지'와 격리되어 있다. 그러니 섬의 입장에서는 스스로 오롯한 마음을 간직한 '성채와도 같은 자아'인 것만 같고, 사람들의 입장에서는 보이지 않는 곳에 뿌리를 내리고 은밀하게 자리하고 접근불가능성으로 이미 수수께끼다. 망명, 유폐, 고립의 감각은 섬의 입장에서는 안온하고 은밀한 긴장을 유발하고, 사람들의 입장에서는 이물감을 남긴다. 섬은 나 아닌 모든 것을 향해 움직이려는 의지의 다른 이름이지만, 세계는(사람들은) 불행하게도 그 의지에 대한 믿음이 없다.

「섬이 된 기타」는 사람들에게 "비명"으로 읽히는 '주제의 음악'을 제 안에 간직하고 스스로 바다가 된다. 「섬이 된 기타」는 "사라진 주인의 발자국"과 "지워진 사람들의 얼굴" 가운데서 승리할 수 없는 인정 투쟁의 포로가 된 자의 내면을 토로한다. 여기에는 오인으로 점철된 세계 구조의 지식에 관한 문제가 있다. 오인은 언어가 발화되면서 이미 시작된다. 지시의 방식이 진실을 논리 함수 안에 가두어두기 때문이다. 객관적 사실은 진실과 다르고, 진실은 진리와 다르다. 함수의 이성적인 복합성만으로 세계를 포괄할 수 있다면, 사랑에 대한 믿음이 다한 후에 사실 관계에 대한 성실한 천착이 믿음을 견인할 것이다. '무엇이 무어다'라고 말하는 것은 정의의 차원이지만, 서로가 같은 지점을 겨냥하고 같은 발화를 할 수 있는 것은 최소한의 지정에서 비롯된다. 박장호는 일찌감치 지시의 불일치가 당연한 세계에서 대화는 없는 진실을 역구성하는 '전쟁'임을 말했다. (「11월의 비」(『나는 맛있다』, 랜덤하우스코리아, 2008)에 반복되는 "나는 ……를 말했고 남들은 ……를 말했다."를 떠올려보라. 이 경우, 주체의 진리치가 진정성을 얻는다.)

오인이 만들어내는 지식savoir과 지식을 전파하는 발화법으로 공인되는 지시가 대화가 될 때, 진릿값은 어디에 있는가? 진리치가 부정될 때 시적 대상은 어떻게 존재하고, 대화의 회로는 어떻게 의미를 가지는가? 대화는 기호로 이루어지는 것이 아니라, 끊임없이 오인을 자기지시하면서 극도로 주관화된 1인칭들의 지식을 쌓고 또 쌓는 방식에 다름 아니다. 지식에서 자유롭고 오인된 서로의 존재에 무관심해서 평화로운 아이들의 대화, 그 'Baby Talk'가 가진 기호작용 이전의 불가해한 '이해'와 다를 바가 무엇인가? 앞에 나란히 놓은 두 작품의 차이는 명백하다. '주인' 내지는 '사람들'이 기타를 '비명의 주제를 토하는 음악'으로 규정한 이후에 섬이 되어가는 과정이 앞의 작품이라면, 이제는 기원을 잃어버린 섬이 온몸으로 제 스스로 대화를 곱씹는 모습이 뒤의 작품이다. "사람들이 벗겨낸 피부"가 잘못 부르고 지정하고 규정하는 언어의 속성을 짚는 것이라면, 박장호는 이 표현으로 '의미의 질료적 운반자', '표상체', '발화', '음성', '기표', '표현', '(무의식의) 징후' 등 기호의 표현적인 측면이 본질적으로 의미와는 별개임을 말하고 있는 셈이다. 대화는 다중의 불안을 달래줄 새로운 결론을 향해가는 '다수결'에 불과하고 언어도 마찬가지다. 섬은 자기 안으로만 날을 세운 언어의 날카로운 금속성을 "핥아 먹고" "돌아와" "흘려보내"며 "견딘다". "섬"은 발화법과 명명법이 곧잘 감정을 발명하고 존재를 규정하는 오해와 오인이 만들어내는 잘못된 지식의 구조를 견디고 있다.

문제는 이것이 대화의 불가능성을 지적하는 익숙한 체념에 그치지 않는다는 점이다. 박장호의 시 속에 끊임없이 등장하는 1인칭 화자 '나'는 자신이 놓인 대화의 상황을 시 속에서 드러내는데, 그것은 몇 단계는 꼬인 논리함수를 푸는 과정과 흡사하게 여겨진다. '나는 이렇다' 부정, '나는 이렇다' 부정, '나는 이렇다' 모순, 모순의 주체는 다시 나, '나는 이렇다' 함의…… 이 과정은 끈질긴 거래의 과정을 연상시킨다. 박장호의 주체는 무언가를 파는 자인 동시에 사는 사람이고, 꼬이는 사람인 동시에 꼬임당하는 사람인 수가 많다. 무엇을 사고파는지는 더 이상 중요하지가 않다. 언어가 작동하는 순간 '가치의 밸런스'는 무너지고, 그럼에도 가치는 각자의 영역에서 진릿값으로 자기만의 믿음을 지탱한다. 대부분의 정념이 그렇게 작동하지 않는가? 사랑, 우정, 믿음, 헌신, 파멸, 구원, 중독…… 끝도 없이 나열할 수 있는 이런 단어들은 어쩌면, 박장호 식으로, '다수결'이 만든 물적인 상태에 불과할 수도 있다. 그러니 시를 통해서는 어떤 물적 상태도 재현할 수 없고, 어떤 심적 상태도 체현할 수 없다. 재현이 불가능하다면 시는 무엇을 보여줄 수 있고, 체현이 불가능하다면 시는 무엇을 감각할 수 있는가?

박장호의 발화 속에서 시적 주체는 어떤 물적 상태에서 심적 상태로 이행하는 정념을 가진 존재가 아닐 것이다.「꽃을 든 남자」의 도식을 따라가자면, "나는 나를 꼬였다. … 내 모습에 빠져 나를 꼬였다. 나는 나에게 말했다. … 나는 나의 말을 듣지 못했다. … 나는 말을 눈으로 듣는다. … 나는 나와 바뀌었다. … 나는 항상 들킨다. … 나와 내가 점점 멀어진다. … 기적처럼 내가 너를 만나길 바라면서." 결코 동요하지 않는 '나'가 시의 주체로 등장한다. 뒤 문장은 앞 문장에 등장한 '나'를 아이러니의 대상으로 삼는다. 매순간 '나'가 등장할 때마다, 박장호는 시 속의 나를 무미건조하게 바라본다. 언어로 표현되는 어떤 가치도 보편적일 수 없다면, 대화가 균형을 이루는 지점에서는 어떤 밸런스도 배타성을 벗어나기 힘들 것이다. 결국 모든 대화는 시소게임이고, 시 속의 화자는 공중에서 시소의 이쪽저쪽을 옮아가는 존재에 다름 아니다. 말하고 침묵하고 쓰고 읽고 이해하는 순간 "우리는 격리당했다. 아니, 연대당했다." (「포유류의 사랑」) 말을 하고 살 요량이라면, 일상은 "낱말에 배신당한 가사 같은 날"(「아침의 보행」)의 연속이다. "나는 리듬만 남은 두려운 음악"(「문장은 독한 담배처럼 타들어가고」)이라면, 나는 어떤 방식으로 증명되는가?

사랑이 나를 사라지게 한다. 이 말의 의미를 알고 싶다. (…) 사라짐이 나를 사랑하게 한다. 나는 의미 없는 이 말에 중독되었다.

—「고슴도치의 사랑」 부분

시에서 몸에 대한 자기 증명을 감행한다는 것은 언어 회로를 깨부수고 난 다음 자기의 입을 달아야 할 자리를 상상하는 일과 같을 것이다. 모든 대화가 사물과 인간, 즉 시적 대상과 세계의 침묵을 지키고 있는 캄캄한 밤중에 나타나는 단어들은 필시 입속에 담긴 말이고, 그런 의미에서 은폐된 날카로운 '발성' 내지는 '침묵'일 테니 말이다. 몸은 어둠 속에서 눈을 감는 일이 진지한 자세로 세계로 발돋움하는 다른 감각을 일깨우려는 의도임을 안다. 사랑하는 이와 극장에서 영화를 함께 보고 있다. 그런데 극장에 불이 났다. 제일 먼저 해야 할 일은? 손을 꼭 잡고 눈을 30초 이상 질끈 감고 있는 일이다. 홍채가 조여지면서 어둠 속에 가라앉은 의자가 보이고, 매캐한 연기 속으로 돌진하는 인간의 무리가 보일 것이다. 요컨대 이 비유는 몸으로 감행하는 입사제의가 시에서 필요해지는 시점이 있다는 것이다. 앞서 말한 대로 언어를 수단으로 하는 모든 대화가 '진리 함수의 자기 증명'으로 전락하고 만 이 놀이와 놀음 속에서, 기호를 다시 언어의 목적으로 삼지도 않았고, 부정과 상상력을 극한으로 삼지도 않았고, 물질 상태에서 심적 상태로의 전환을 염두에 두지도 않는 한 시인이 택할 전략은 신체의 자기 증명이 될 것이 자명한 이치 아니겠는가 말이다. 인간의 언어에 불이 났다. 대화가 절단 났다. 비밀은 폭로되었고 낯섦은 은닉되었고, 같지 않다는 사실이 주는 불안으로 점철된 비유법의 폭력 속에서 다시 눈을 질끈 감는 일은, 그리하여 몸의 위치를 자각하는 일에 다름 아니기 때문이다.

지금 이곳에서 궁핍하게 내쳐져 사는 시인은 지금 자신에게 없는 만큼의 결핍과 부정의 요소들을 여기가 아닌 저기서 발견하려고 할 테다. 박장호가 택한 방법은 상상으로의 입사제의initiation다. 그의 시에서는 '자, 여기서부터 상상하기 시작하세요. 그 문법으로 이 시와 대화하세요.'라고 친절하게 모두를 여는 표현이 자주 등장한다. "비 맞은 새들의 **모습을 상상해보세요**/내 몸속에 아름다운 자연이 깃들어요"(「태양은 뜨자마자 물든 노을이었다」), "내 시 속엔 시인이 없지만/자살한 시인이 행간을 걷는**다고 나는 써보는 것이다**."(「아궁이 속으로 들어간 개」), "동영상 재생기**를 그리고** 플레이 버튼을 눌렀다."(「그러면서 지운 얼굴」), "모니터 **속에 고개를 들이밀고**/그들 중 한 명의 라이터로 불을 붙였다."(「뫼비우스의 라이터」), "하늘에서 윈드서핑을 했다. **생각의 판자에 돛을 달고**"(「미세 먼지들의 조우」), "여름이 가기 전/**내가 죽었다는 소문이 돌았다**."(「소문의 힘」) 강조한 부분들을 눈여겨보시라. 층위는 다르지만, 한 편의 시에서 시가 보여주는 다른 '격자'(『나는 맛있다』에 수록된 시 제목이기도 하다. 박상수 시인은 해설을 통해 논리 함수에서 필연적으로 진리를 함축하는 '동어반복tautology'으로 시를 풀어냈다.) 속으로 들어갈 때 대개 이런 표현이 등장한다. 정의, 공리, 정리, 증명으로 차차 각론의 세계로 돌입하는 논리학이나 수학의 몰입 구조와 유사한 말버릇이다. '자, 이제부터 증명 들어갑니다!'라고 선언하는 듯한 이런 표현들은 상상력의 입사제의 역할을 하는데, 이후에는 마치 한 개인의 성장담과 같은 유려한 연상이 논리적인 치환구조로 제시되기 일쑤다.

당신의 귀에 닿지 않는 내 마음이
입술은 내 마음이 물든 노을이에요
아침노을은 비를 부른다죠
나는 무거운 하늘 아래 우뚝 섰어요.
내 목각의 다리가 흙에 묻혀 있네요
내려다보니 나는 나무인 거예요
누가 내게 이토록 기다란 다리를 주었을까요
의문을 품을수록 길어지는 하체
침묵만이 발기하는 내게 지친 당신이
나의 의족에 불을 붙여요
다리를 휘감은 구름의 나이테가
가시관처럼 머리 위를 맴돌아요
나를 사르는 당신의 마음에 비가 내리는군요
소리 없이 원한 것이 죄예요
노을 속으로 고통의 새들이 날아오겠죠
차가운 아침을 떠나 저녁노을 속으로 날아드는
비 맞은 새들의 모습을 상상해보세요
내 몸속에 아름다운 자연이 깃들어요
새들은 나의 직립이 얼마나 조용한 비명인지
알고 있어요, 오직 고통의 새들뿐이에요
새들이 내 입속에 둥지를 틀어요
말뚝을 타고 오르는 저 불빛은
어둠뿐인 내 얼굴을 밝히겠지요
하늘엔 의성운擬聲雲의 붉은 혈관이 터져요
새들은 독이 든 열매로 익고
나는 당신의 눈동자 속에서 불의 옷을 입어요
입술은 내 마음이 불타는 화염이에요

비에 젖든 피에 젖든
곧 꺼져버릴 화염이에요

—「태양은 뜨자마자 물든 노을이었다」전문

　　감각이 아니라 감각의 부정을 통해서 신체를 확
인한다는 것은 어쩌면 '유아론'으로 비쳐질 수도
있다. 그러나 박장호는 대화의 불가능성과 진리
함수로만 논파가 되는 언어의 회로 속에서 감각의
기원을 묻는 것이 얼마나 허망할 수 있는지를 일
깨울 뿐이다. 나의 감각과 당신의 감각이 지금 여
기 함께할 수 있다는 사실은 차라리 감각의 자기
증명을 가능성의 차원에서부터 부정한다. 저 유
명한 데카르트의 '회의'를 방법적으로 넘어선 지
점에서 박장호는 손등에 불을 지지고, 논리를 악
마의 장난으로 몰아세우는 고전적인 비틀기를 넘
어선다. 기묘한 왜곡uncanny distortion을 통해서 다
시 사물을 지정하는 박장호의 어법 속에서는 대
개 그의 몸이 등장한다. 시에서 "입술은 내 마음이
물든 노을"이고 "침묵만이 발기하는 내게" 저 떠오
르는 태양은 내가 늘어지게 하품을 하는 구강의

'오' 모양을 닮았다. 왜곡을 통해서 상사성을 발견하는 박장호의 가련한 사랑의 어법은 "나를 사르는 당신의 마음에 비가 내리는군요"라고 에두르고 에둘러서 사랑을 표현한다. 그것도 곧장 부정될 사랑을. 사랑은 결국 상상 차원에서 당신이라는 부정과 나라는 결함이 동거하는 '구강' 속의 침묵으로 귀착된다. 시 속에서 '나'는 "내 마음이 불타는 화염"인 "입술"을 오직 상상 속의 새둥지처럼 부풀도록 내버려둔다. "내 몸속에 아름다운 자연이 깃들어요"라고 말할 때, 어떤 눈물겨운 오르가슴을 느끼는 것은 나뿐일까?

결국 박장호가 마련한 신체의 증명은 상상력의 입사제의를 통해 시작되고, 그렇게 언표된 사랑의 어법 속에서 '공감각共感覺'은 부정된다. 물적 상태로서의 육체를 부정하고 나면 심적 상태가 남을 텐데, 육체를 가득 채운 정념의 허방도 곧 부정되고 만다. '함께'의 차원이 부정될 때 나와 당신, 나와 저 꽃, 나와 우리의 꿈은 어느 영역에 있을 수 있는가? 결국 시인은 입을 다물어야 하는가? 아니다. 아직 하나의 영역이 남아 있다. 그곳은 박장호 식으로 말하자면 '앞과 뒤의 구분 없고, 내부와 외부가 모호한 비밀의 궁극'일 것이다.

나는 발톱 속에 쓰러진 정신의 노숙자
상상이 사상이었던 날들이 끝난 것이다.

—「슬픈 사람이 인내의 댐을 넘듯」부분

공집합 기호 Ø, 프랑스의 수학자 앙드레 베유
가 노르웨이어 알파벳의 한 글자를 가져다 만들었
다. 일설에는 '영이 아니다'를 표현한 기호에서 비
롯되었다고 말하기도 한다. 공집합 기호 {}, 아무
것도 포함하고 있지 않은 것으로 이루어진 하나의
집합, 포함하지 않았다는 사실 자체를 자기 스스
로 지시하는 이 집합은 과연 무엇으로 자기 증명
을 하는가. '없음의 있음'이 자신의 본질이 된다.
잉여가 없기 때문에 여집합이 전체집합이 된다.
반대로 나를 제외한 타자 모두를 전체집합으로 두
기 때문에 나와 다른 것들을 여집합으로 돌려세우
지 않는다. 괄호 바깥의 모든 것이 나의 대척점이
된다. 공집합으로 존재하는 주체는 대립자와 조
력자를 양쪽에 두고 움직이는 기호학적 행위의 점
근선을 효과적으로 깨부순다. 이 주체의 제로섬
게임은 세계에 모든 것을 내어주는 것인 동시에,

세계를 전폭적으로 받아들이는 것일 수 있기 때문이다. '리듬만 남은 두려운 음악'으로 존재하는 '나'의 상태가 바로 그러할 것이다. 이 문장 속에서 '나'는 '두려운 나'인지 '두려워하는 나'인지 불분명하다.

허공에 떠다니는 공기방울 하나를 상상해보자. 공기방울은 얇은 유리 막으로 안에 가둔 공기만으로 온전히 저의 물질성을 증명하는 전체집합이 된다. 이때의 공기방울은 스스로 하나의 신체가 되는 셈이다. 신체의 자기 증명은 공기방울의 유영을 통해서 증명된다. 아이들이 공기방울을 불어 하늘로 날리는 것은 분신술을 감행하는 것과 다를 바 없다. 그 아마득한 행복감과 아스라한 공복감의 여운은 자아의 자기 분신술과 무엇이 다르겠는가! 한편으로 공기방울은 자기가 없다는 사실을 온몸으로 증명하는 벤다이어그램일 수도 있다. 자신이 없다는 사실을 얇은 막으로 묶어 세상에 내보이면서 세상 모두와 자신을 격리하는 벤다이어그램 말이다. 벤다이어그램을 만드는 속성 역시 신체의 자기 증명 방식으로 읽힐 것이다. 공기방울에서 표정을 읽는다면 그것은 "자문할 수 없는 얼굴이 괴로움"을 표현하는 일그러진 웃음일 것이다. 나는 지금 박장호의 시적 주체가 공기방울의 몸을 한 공집합의 벤다이어그램을 육화하고 있다고 '힘차게' 주장하려는 참이다. 박장호는 공기방울의 몸을 이렇게 풀어서 쓰는 자상함을 보여주기도 한다. "나는 눈뜨고 있네/상냥함은 난폭함의 여백일 뿐이네/투명한 오라가 손을 등 뒤로 묶네/투명한 재갈이 입을 귀에 거네/손가락과 발가락 사이로/축축한 공포가 척추를 적셔 오르네/귀에 걸린 입에서 비명이 새네/동거인들이 마구 섞이는 것 같네/섞여도 투명한 것들은 투명할 뿐/감각은 공포의 여백일 뿐이네"(「사랑의 집」).

공기방울은 터지게 마련이다. 상상이 사상이 된다면, 이미지는 해독을 거치지 않고 곧장 이데올로기가 될 것이다. 아니 이데올로기 없는 사상이 태어날 것이다. 사람의 생각이 문제가 아니라, 사유를 전달하는 방식으로서의 '허위의식'이 문제다. 문장으로 풀어서 전달하는 오랜 말버릇은 술화적인diskursiv 차원에서 의미를 잃고 말 것이다, 이미지가 사상이라면. 오직 보이는 그대로의 표피가 깊이를 고스란히 드러낼 것이다. 논증이 대화를 통해서 구성된다는 것은 어쩌면 비극의 시작이다. 술화적인 적합성을 말을 통해 배우는 순간

사유에 내장하는 것이 인간적인 비극의 기원일지
도 모를 일, 이 지점이 시의 태생점인 동시에 시적
혁명의 타자이자 목표점일 수도 있을 것이다. 이
름을 지어주는 것은 호명을 한다는 것이고, 호명
을 한다는 것은 사유의 공통분모를 확인하고 서로
를 제한하는 행위에 다름 아닐 수 있기 때문이다.
시인의 말대로 낯모를 이에게 "이름을 지어주어
야 할까/얼굴을 지워주어야 할까"(「스위치백」) 하
는 고민은 인간에게 앞날을 향해 전진할까 아니면
스위치백으로之 자로 방향을 전위할까와 같은 차
원의 질문이다. 그러나 '주다'라는 보조동사의 허
망함이여, "줄 수도 없으면서/'주다'라는 보조동
사를 붙여놓고 보니/짓거나 지우거나 의미 없긴
매한가지"(같은 시)다. 나와 타자의 경계를 상시적
으로 재확인하는 것이 시인됨의 사명이라고 박장
호는 말한다. 그리고 그 경계를 가로지르는 욕망
보다 경계를 통과하려는 의지가 중요하다고 말한
다. 의지를 효과적으로 증명하기 위해서는 '나와
당신 사이라는 경계'를 통과하는 방식을 바꾸자고
제언한다. 즉 세상의 모든 목적지를 터널로 바꾸
는 것. 스위치백으로 고산지대를 오르는 늙은 무
개화차처럼, 행로 자체를 터널로 바꾸어 끊임없

이 육박하는 것.

경계를 터널로 바꾼다는 것은 시선을 부정하는 것이고 응시의 이중적인 억압에서 놓여나는 일일 것이다. 박장호의 시가 '빛'에 예민하게 반응하고, 시선은 특히나 부정적인 특성으로 규정되는 점은 이 시점에서 주목되어야 할 것이다. "눈에 띄면 녹아버리는 침묵의 문명"(「전망 좋은 창가의 식사」). 요컨대 시선은 상대를 눈앞에 두고 그려 보이도록 추동한다는 점에서 왜곡을 초래한다. 그러니 묘사보다는 진술을 택해야 하고 진술은 묘사의 효과를 노린다는 점에서 기묘한 왜곡을 초래한다. 진술의 세계는 움직이고 변화하는 생동감 있는 '공시성의 세계'이기도 하지만, 행위와 행위가 계기적으로 연결된다는 점에서 '통시성의 세계'이기도 한 듯 여겨진다. 시공간 감각으로 드러나는 행위자의 세계 역시 박장호의 시에서는 부정된다. 묘사보다는 진술을, 행위보다는 관조를 택하는 셈이다. "묘사와 행위의 우선순위를 따지는/부질없는 생각에 아랑곳없이 돌아가는"(「검은 원판 위의 포클레인」) 세계는 소리의 세계이고, 소리 가운데서도 아직 발화되지 않은 "기억의 지각 저편"(같은 시)을 충동하는 세계이다. 이 세계가 침묵에 친

근감을 가질 것이라는 것은 예상하는 바 그대로다. 묘사의 시선을 내부로 돌릴 때 침묵의 방향으로 돋는 촉수를 느낄 수 있기 때문이다. 저 무문관의 수행이나, 묵언 수행을 떠올려보라. 자신에게로 돋는 여리디여린 촉수, 어떠한 가치 판단도 아직 모르는 '순수악의 순수성'이 지배하는 세계에서의 난장亂場이 박장호가 꿈꾸는 침묵의 세계다. 그리하여 그곳에서는 "붉은 연어 알이 말할 수 없는 사연으로 쏟아"지고, 서로의 사연을 삼키고 나면 인간은 "각자의 방향으로 밀봉된 편지"(「전망 좋은 창가의 식사」)가 되어 끝없이 떠난다. 요컨대 진술과 관조로 체현되는 세계는 사유가 멈춘 세계일 것이다. "생각을 멈추지 않는 한 우리는 계속 스쳐 갈 뿐"이다. "기호조차 될 수 없는 우리"(「허무를 향한 도약」)의 불모성을 불가능성을 향한 도약으로 재정의하기 위해서 '연민'이라는 '공산共産감각'을 만들어야 한다는 것이다.

사랑이 나를 사라지게 한다. 이 말의 의미를 알고 싶다. 당신이 부정한 의미 속에서 내가 한 말도 그 뜻을 잃었다. 우리들의 망명亡命 도시엔 나이 아가라가 있었다. 폭포에서 파생된 하얀 치아의 협곡으로 액체와 기체가 교차하던 나이아가라. 이마를 맞댄 공복의 하루, 나체의 언어로 액체의 현을 퉁기던 탄력적인 기체의 밤. 야광의 물고기들이 입가에 파인 수로에 첨벙첨벙 빠졌다.

입 벌린 나이아가라로 태어난 까닭과 살아온 까닭이 알코올에 씻겨 쏟아졌다. 당신을 만난 까닭과 나밖에 될 수 없는 까닭은 사연에 밀봉되어 쏟아졌다. 섞이지 않는 유체들이 같은 구멍을 반대로 통과하는 나는 두 사람. 역으로 갈린 폭포를 따라 사랑했던 모든 것이 사라졌다. 사랑이란 구멍을 통과하는 휘발유. 살냄새에 취한 노숙의 밤은 가고 살점을 발라낸 시간의 가시가 아침의 삼각주로 녹아 흘렀다.

사랑해서 사라진 미완성의 입맞춤. 이름을 잊은 망명忘名 도시.

사라짐이 나를 사랑하게 한다. 나는 의미 없는 이 말에 중독되었다. 당신이 걸러낸 의미 밖에서 내가 한 말이 내 입을 찾았다. 알코올 중독, 니코틴 중독, 실연 중독. 사랑은 중독의 과거다. 담배의 사랑은 연기, 꽃의 사랑은 가시. 내 사랑은 가시가 역류하는 폭포다. 언어의 섹스가 사생아를 낳은 날카로운 가시의 폭포에서 내가 더 사랑해야 할 것은 무엇인가.

엉덩이를 뒤로 뺀 채 포옹하지 못하는 두 마리의 고슴도치가 담배 키스를 나누며 서로의 입속으로 말없이 사라진다.

—「고슴도치의 사랑」 전문

이보다 더 지독한 자기아이러니의 화법을 본 적

없다. 연민이라는 감각을 더욱 깊이 우려내기 위해 박장호는 상상력으로의 거침없는 입사제의를 감행한다. 그의 시에서 상상의 문법은 환상시 계열에서 보여주는 환몽이나 환각이 아니라 몸이 말에 틈입하는 사랑의 간투사다. "나에겐 환각이 필요합니다"라고 그가 말할 때, 고쳐서 "나에게 필요한 건 마술이 아니라 마법입니다"(「허공의 개미집」)라고 그가 쓸 때 우리가 읽을 수 있는 것은 사랑의 기제로서의 몸의 불가결한 존재양식이다. 서로를 시선 속에 가두고 뒤통수는 태양의 눈알 아래 내놓은 줄도 모르고 보면서 보여지는 존재로 전락한다면, 인간은 스스로 모든 것을 드러낼 수 없다. 언어를 이분법으로 재단하며 끝없이 반복하고 나열하고, 자의성의 굴레를 깨고 이미지를 계열체로 드러내는 환각의 문법은 이쯤에서 부정된다. 투명해지는 방식은 불투명해지는 데 있고, 시선과 응시를 벗어던지기 위해서는 침묵에 몸을 맡겨야 한다는 것이다. 박장호는 이번 시집에 '구강을 중심으로 한 대규모 공동체'라는 부제를 단 연작을 11편 선보인다. 부제에 붙인 연번에 따라 제목을 써보자면, 「태양은 뜨자마자 물든 노을이었다」, 「고슴도치의 사랑」, 「환각의 튜브」, 「소문의 힘」, 「나의 종말」, 「은밀한 젯밥」, 「도착하지 않는 사람」, 「따뜻한 경제」, 「선명한 가족」, 「불투명한 상자」, 「검은 엑스의 키스」다. 이 연작에 등장하는 시적 주체들은 단독자로 놓고 보면 투명하게 자신을 드러내는 데서 배역을 수행하고 있다. 그러면서도 이들은 '남성/여성' '내부자/외부자' '적대자/조력자'……의 구도에서 어느 한쪽으로 치우치지 않는다. 이것은 박장호의 이번 시집에서 '사랑'이라는 단어만큼 종종 등장하는 '유전자'라는 단어와 연관 지어 해석할 수 있을 것이다. '나'(주체)와 '당신'(타자) 사이에는 언어가 유전자의 형태로 각인되어 있다. 나의 울음(발성)이 기화할 때, 그것은 침묵이 되어 당신(해독된 존재)이라는 목적지에 고인다. 그때 비로소 당신은 얼굴이 되고, 당신의 얼굴이 존재한다는 사실이 '표정'보다도 중요해진다. 얼굴만으로도 연민은 이미 유전자임을 보여주기 때문이라는 논리다. 이러한 도식 속에서 정념의 심리적 상태는 배제된다. 연민이 유전적 근본조건으로 탈바꿈하기 때문이다. '당신이 부정한 의미 속에서 내가 한 말도 그 뜻을 곧잘 잃고 마는' 탈감정의 사회 속에서, 박장호가 제시한 존재의 도식은 '앓음다운' 대안으로 비쳐진다.

"언어의 섹스가 사생아를 낳은 날카로운 가시의 폭포에서 내가 더 사랑해야 할 것은 무엇인가."

나는 시인과 함께한 우정을 존중하는 의미에서 해설을 줄곧 딱딱한 '비평'으로 일관했다. 6년 3개월 만에 선보이는 그의 시집에 필요한 것은 (미숙하나마) 집요한 비평일 것이라는 개인적인 판단 때문이었다. '내가 더 사랑해야 할 것은 무엇인가.' 이 강렬한 물음 앞에서 쓰기를 멈추고 잠시 입을 닫고 눈을 감아본다. 마치 시인의 다감하고 깊고 느리고 조용한 말투가 귓바퀴에 감기는 것만 같다. 박장호는 2003년 「11월의 비」라는 작품을 '폭탄처럼 내던지며' 시인이 되었다. 어느새 2014년 11월이다. '핼러윈 데이'의 가면을 벗고 맨얼굴로 바라본 하늘에서 또다시 11월의 비가 내린다. 아름답고 또 강렬한 메아리들이 고요하게 내 안을 가득 채우는 것이 느껴진다. 어느새 단전이 뜨뜻해옴을 느낀다. 11월 족장 박장호의 두 번째 시집에 축하의 말을 건넨다. 이것은 평자가 아니라 벗으로서 건네는 예의의 췌언, 고생하셨소! 감히 말하건대 충분히 아름답고 강렬한 시집이오.

문예중앙시선 36

포유류의 사랑

초판 1쇄 발행 | 2014년 11월 21일

지은이 　 | 박장호
발행인 　 | 노재현
편집장 　 | 박성근
책임편집 | 송승언
디자인 　 | 권오경
마케팅 　 | 김동현, 김용호, 이진규

발행처 　 | 중앙북스(주)
등록 　 　| 2007년 2월 13일 (제2-4561호)
주소 　 　| (100-814) 서울시 중구 서소문로 100(서소문동, J빌딩 3층)
구입문의 | 1588-0950
홈페이지 | www.joongangbooks.co.kr / www.facebook.com/hellojbooks

ISBN 978-89-278-0591-5　03810